SV

Hans-Ulrich Treichel

Der Papst, den ich gekannt habe

Suhrkamp Verlag

Druck: Druckhaus Nomos, Sinzheim.
Printed in Germany
Erste Auflage 2007
ISBN 978-3-518-41932-8

1 2 3 4 – 12 11 10 09 08 07

Der Papst, den ich gekannt habe

Ich werde meine Notizbücher wegwerfen. Entsorgen. Ich habe zu viele davon. Seit ich denken kann, kaufe ich mir Notizbücher, in die ich dann nichts oder so gut wie nichts eintrage. Wenn ich mir ein neues Notizbuch kaufe, dann mit der besten Absicht, es auch zu benutzen. Vorzugsweise unterwegs. Am schönsten ist für mich die Vorstellung, während einer Bahnfahrt ein neues und noch unbenutztes Notizbuch aufzuschlagen und einen Vers, einen Romananfang oder den Abschnitt einer Erzählung darin zu notieren. Am zweitschönsten stelle ich mir das Schreiben im Kaffeehaus vor.
Leider ist es nie dazu gekommen. Ich habe weder in der Eisenbahn noch im Kaffeehaus je auch nur eine einzige Zeile geschrieben. Auch nicht auf einer Bank im Stadtpark oder in der Lounge eines Hotels, was ich mir sozusagen am dritt- beziehungsweise viertschönsten

vorgestellt habe. Ich habe immer nur Zeitung gelesen. Ob im Hotel, auf der Parkbank oder auf Reisen. Erst habe ich mir ein Notizbuch gekauft, und dann habe ich Zeitung gelesen. Dabei waren es nicht die schlechtesten Hotels, in denen ich gewohnt habe. In Brenner's Park-Hotel in Baden-Baden beispielsweise, im Panhans am Semmering, im Reina Victoria Hotel in Ronda mit der Rilke-Statue im Garten oder im Grand Hotel delle Palme in Palermo, wo sich der Schriftsteller Raymond Roussel umgebracht hat.

Es wäre sehr schön gewesen, das Schreiben eines Romananfangs in Brenner's Park-Hotel. Oder das Notieren eines Verses im Panhans. Oder das Entwerfen eines Gedichtes im Reina Victoria Hotel. Oder die Essayskizze im Grand Hotel delle Palme. Das einzige, was ich im Grand Hotel delle Palme geschrieben habe, war eine Ansichtskarte an einen Bekannten. *Liebe Grüße aus dem Grand Hotel delle Palme, wo ich allerdings überhaupt nicht zum Schreiben komme, so gut geht es mir*, hatte ich auf die Karte geschrieben. Die Ansichtskarte zeigte die prächtige Eingangstür des Grand Hotel delle Palme. Auf der Rückseite der Karte stand in drei Sprachen zu lesen: *Grand Hotel delle Palme*, *Grand Hotel Et Des Palmes* und *Die Palme des Hotels*. Die Karte habe ich noch. Ich könnte sie Ihnen zeigen. Danach mußte ich immer, wenn ich an die Ansichtskarte und das Hotel delle Palme dachte, Die Palme des Hotels denken, und zwar auf italienisch: La Palma del Albergo. Oder ich mußte denken: Grand Hotel La Palma del Albergo. Was auf deutsch nichts anderes heißen würde als: Grand Hotel Die Palme des Hotels.

Ich finde das komisch. Und ich kann mir diese Scherze erlauben, weil ich ziemlich gut italienisch spreche. Beneidenswert gut sogar. Ich spreche besser italienisch als so mancher Italiener. Französisch spreche ich auch. Und spanisch. Und englisch natürlich. Sogar russisch und polnisch könnten Sie mit mir sprechen, wenn Sie das Russische und Polnische beherrschen würden. Polnisch habe ich von meiner

Mutter gelernt und Russisch von meinem Vater, der selbst wiederum leidlich das Lettische und Litauische sprach, mir aber davon abriet. Ich spreche denn auch am liebsten englisch. Lieber noch als deutsch. Wenn ich englisch spreche, merke ich gar nicht, daß ich spreche. Ich spreche so gut englisch, wie ich atme. Zumindest seit ich mir das Rauchen abgewöhnt habe. Ich könnte auch sagen, daß ich so gut englisch spreche, wie ich Klavier spiele. Denn ich spiele sehr gut Klavier. Beneidenswert gut. Englisch ist immer meine erste Fremdsprache gewesen und Italienisch nur meine dritte. Sie können sich also ausrechnen, wie gut ich Klavier spiele, wenn das Italienische, das ich besser als so mancher Italiener spreche, nur meine dritte Fremdsprache ist und ich es trotzdem hervorragend beherrsche.

Mittlerweile ist das alles aber nicht mehr wichtig, denn ich will mit dem Klavierspielen aufhören. Nicht von heute auf morgen, aber doch aufhören. Mit dem Schreiben werde ich jedoch von heute auf morgen aufhören. Punkt und

aus. Einfach so. Was genug ist, ist genug. Mit dem Klavierspielen beziehungsweise mit dem Aufhören des Klavierspielens lasse ich mir etwas Zeit. Es klingt schöner, wenn es nachklingt. Aber wie soll ich das Schreiben nachklingen lassen? Entweder man schreibt, oder man schreibt nicht. Ich habe jedenfalls noch nie, wenn ich vom Schreibtisch aufgestanden bin, das Kratzen der Feder nachklingen gehört. Oder das Tippen auf der Tastatur.
Ich habe freilich auch nie mit der Feder geschrieben. Das wäre ja noch schöner. Ich habe immer getippt. Regelrecht in die Tasten gehauen. Bis mir die Ohren schmerzten. Ich bin nämlich außerordentlich lärmempfindlich. Bei Lärm kann ich nicht schreiben. Ich kann mich nicht mal selbst atmen hören beim Schreiben. Darum habe ich auch mit dem Rauchen aufgehört. Um wieder leiser zu atmen. Und zugleich habe ich mit meiner Schreibmaschine einen solchen Lärm gemacht, daß ich normalerweise kein einziges Wort hätte schreiben und keinen einzigen

klaren Gedanken hätte fassen können. Dem war aber nicht so. Ich habe die Erfahrung gemacht, daß mich Schreibmaschinenlärm nur stört, wenn andere ihn verursachen. Mein eigener Schreibmaschinenlärm stört mich kein bißchen. Mein eigenes Atemgeräusch schon. Wenn ich mein eigenes Atemgeräusch höre, werde ich geradezu panisch. Und dann tippe ich. Tippe laut und deutlich und so schnell ich nur kann. Ich schreibe, um mich nicht atmen zu hören. Das können Sie wörtlich verstehen, aber auch als Metapher.

Als ich im Grand Hotel delle Palme gewohnt habe, habe ich mich auch nicht atmen hören. Wegen des Verkehrslärms, der von der Via Roma heraufschallte und das Zimmer vollkommen ausfüllte. Geradezu durchflutete. Ich habe aber trotzdem nicht geschrieben, sondern nur Zeitung gelesen. Und ich habe in der Lobby herumgesessen, wo ich jeden Morgen den Senator oder Ehrensenator, ganz wie Sie wollen, dabei beobachten konnte, wie er umgeben von Leibwächtern das Hotel verließ, in

eine Limousine stieg und zum Gericht fuhr, wo ihm der Prozeß gemacht wurde wegen seiner mutmaßlichen Mafiaverbindungen.
Ich fragte mich, warum er die Leibwächter hatte. Die Mafia würde ihm sicher nichts tun. Selbst wenn er keine Kontakte zu ihr hatte. Möglicherweise waren die Leibwächter dazu da, den Senator vor sich selbst zu beschützen, denn er machte einen erschöpften und depressiven Eindruck, wie er so durch die Hotelhalle ging und dann in die mit Blaulicht und schußsicheren Scheiben ausgestattete Limousine stieg.
Vielleicht hätte er sich lieber vor die Limousine geworfen, als in sie einzusteigen. Aber er warf sich nicht davor, sondern trank statt dessen warme Milch, was ich persönlich bezeugen kann, denn einmal hatte sich der Senator nach seiner Rückkehr vom Gericht nicht direkt auf sein Zimmer begeben, sondern mitsamt seinen Leibwächtern noch einen Abstecher in die Hotelbar gemacht, wo nur der Barmann und ich anwesend waren. Ich war

gerade mit einem ersten Glas Rotwein beschäftigt, einem vorgezogenen Sundowner, während der Barmann die Bar für die abendlichen Gäste vorbereitete. Es war im Grunde noch Siestazeit. Ich liebte diese ruhigen, toten und kühlen Stunden in der Bar, in der eine Stimmung wie in der Königsgruft des Escorial herrschte, und ich hätte sie noch mehr geliebt, wenn nicht der Wein jedesmal so schnell seine Wirkung gezeigt hätte.

Darum werde ich auch keinen Rotwein mehr trinken. Ich kenne mich mit Rotwein ziemlich gut aus. Speziell mit französischem, aber auch mit italienischem Rotwein. Ich weiß zum Beispiel, daß Chianti aus Weißwein und Rotwein gemischt wird, was einem aber niemand glaubt, wenn man es erzählt. Also erzähle ich es nicht. Und rühre Chianti nicht an. Auch den teuren nicht. Auch den nicht, der zweihundert Euro pro Flasche kostet. Oder nur dann, wenn mir nach einem mit Weißwein vermischten Rotwein zumute ist, was aber selten vorkommt. Dann schon lieber reinen Weiß-

wein. Mittags ist mir des öfteren nach Weißwein zumute, besonders im Mittelmeerraum, nachmittags aber immer und ausschließlich nach Rotwein, ganz egal, wo ich mich befinde. Nach drei Uhr nachmittags rühre ich keinen Tropfen Weißwein mehr an. Vorher schon. Aber nachher nicht mehr.
In der Bar des Hotel delle Palme habe ich zumeist von drei Uhr nachmittags bis sechs Uhr abends gesessen und dabei drei Gläser Rotwein getrunken. Ein Glas pro Stunde, was gar nicht so leicht ist, wenn man bedenkt, wie wenig Wein so ein Glas enthält. Allerdings hatte ich noch so gut wie gar nichts getrunken, als der Senator die Bar betrat. Und zum Glück durfte ich in der Bar bleiben, denn die Leibwächter waren schon dabeigewesen, mich sanft an den Ellenbogen vom Hocker zu heben, um mich aus dem Raum hinauszuführen. Doch sowohl der Senator als auch der Barmann machten beschwichtigende Gesten, und nach einer kurzen Leibesvisitation, während deren ich sogar die Schuhe auszie-

hen mußte, ließen sie mich an der Bar hocken und erlaubten obendrein, daß der ziemlich kleine und gebeugte Senator sich neben mich setzte.
Er sagte »Gestatten Sie«, dann gab er mir die Hand, ich sagte »Bitte sehr«, und ohne daß er etwas bestellt hatte, servierte ihm der Barmann ein Glas aufgeschäumte heiße Milch und mir einen weiteren Rotwein. Als ich protestieren wollte, schließlich stand noch ein volles Glas vor mir, sagte er nur »Vom Senator«, wogegen ich natürlich nichts einwenden konnte. Ich dankte und prostete dem Senator zu, der mit dem Löffel in dem Schaum herumrührte und dann ganz vorsichtig und mit gespitztem Mund zu einem Schluck ansetzte, was ihn aber nicht davor schützte, nun wie ein kleines und buckliges Kind mit einem weißen Milchrand um den Mund an der Hotelbar zu sitzen.
Ich muß freilich sagen, daß sich der Barmann wie die Leibwächter auf geradezu mütterliche Weise um den Senator kümmerten. Der

Barmann schob ihm ein Kästchen mit Papierservietten hin, während einer der Leibwächter eine Geste mit den Fingern machte, die andeuten sollte, daß der Senator Milch um den Mund hatte, und während ein anderer Leibwächter zugleich ein Taschentuch hervorholte und dem Senator den Mund säubern wollte. Der Senator kam ihm aber zuvor und wischte sich mit dem Handrücken selbst über den Mund.

Das war so rührend, daß ich jede Scheu verlor und dem Senator sagte, wie sehr ich sein Buch über die Päpste schätzte. Das Buch hieß auf deutsch *Meine sieben Päpste* und auf italienisch *I papi che ho conosciuto*, und ich hatte es natürlich auf italienisch gelesen. Ich lese immer nur in der Originalsprache. Alles andere ist für mich wie nicht gelesen. Ich habe die wichtigsten Werke der englischen, französischen und italienischen Literatur in der Originalsprache gelesen. Sogar russische und polnische Bücher, nur spanische nicht. Obwohl auch das kein Problem gewesen wäre.

Seit einiger Zeit aber lese ich nicht mehr. Ich habe mit dem Lesen aufgehört. Ich habe einfach zu viel gelesen. Zumal ich nicht nur Bücher des achtzehnten, neunzehnten und zwanzigsten Jahrhunderts gelesen habe, sondern auch die meisten soeben erschienenen Bücher. Die Herbstbücher und die Frühjahrsbücher. Die Herbstbücher habe ich den Winter hindurch gelesen und die Frühjahrsbücher den Sommer hindurch. Manchmal ein Buch pro Tag. Oder auch anderthalb. Nicht gerechnet alles andere, meinen Goethe zum Beispiel, meinen Schiller und meinen Kleist. Und Lyrik natürlich. Lyrik war mein täglich Brot. Ich habe Lyrik gelesen, wie andere Leute atmen. Dazwischen habe ich ferngesehen und bin spazierengegangen, habe gekocht, Sport getrieben und Freunde getroffen. Manchmal habe ich auch beim Fernsehen, beim Spazierengehen, beim Kochen, beim Freundetreffen und beim Sporttreiben gelesen. Letzteres auf einem Gerät, das sich Crosstrainer nennt und auf dem es sich trotz der gleichzeitigen

Aktivität von Beinen und Armen wunderbar lesen ließ.
Das Buch *Meine sieben Päpste* hatte ich mir vor allem wegen des Titels gekauft, denn ich hatte daran gedacht, selbst einmal ein ähnliches Buch beziehungsweise eine ähnliche Geschichte zu schreiben. Die sollte jedoch nicht *Meine sieben Päpste* heißen, sondern entweder *Mein Papst* oder aber *Der Papst, den ich gekannt habe.* Der Ehrensenator hatte es zeit seines Lebens zu Bekanntschaften mit zirka sieben Päpsten gebracht. Damit konnte ich nicht konkurrieren. Aber ich war immerhin siebenmal bei ein und demselben Papst zu Gast gewesen. Das ist doch auch was. Sieben Jahre lang bin ich jeden 2. August nach Castelgandolfo gefahren, um an einem der sogenannten und mit diversen Workshops verbundenen Sommergespräche von Johannes Paul II. teilzunehmen, was immer sehr schön, aber auch immer sehr langweilig war. Ich habe bei diesen *discorsi estivi papali* genannten Veranstaltungen zumeist weit hinten im Konferenzsaal gesessen und nach

vorn auf den päpstlichen Sessel geblickt, auf dem der Papst während der Gespräche hätte sitzen sollen, aber niemals saß.
Ich bin zwar siebenmal nach Castelgandolfo zu den Sommergesprächen des Papstes gefahren, aber ich habe den Papst nur zweimal gesehen. Und niemals im Konferenzsaal. Einmal habe ich ihn vom Fenster meines Gästezimmers aus gesehen, das direkt über dem Hubschrauberlandeplatz lag. Von hier aus konnte ich beobachten, wie der Papst in den violettfarbenen Hubschrauber stieg und dann über den Lago Albano hinweg Richtung Rom flog. Und ein zweites Mal habe ich den Papst in einem Fahrstuhl gesehen. Ich hatte mich während eines Workshops über Charismatische Erneuerung, der mir ziemlich auf die Nerven gegangen war, aus dem Tagungsraum geschlichen und einen Erkundungsgang durch den Päpstlichen Palast gemacht und war dabei dank der Unaufmerksamkeit der Schweizer Garde in einen normalerweise für Gäste unzugänglichen Bereich und vor den Fahrstuhl des Papstes geraten.

Das wußte ich allerdings erst, als ich mehr oder weniger aus Langeweile auf den Fahrstuhlknopf gedrückt hatte und zusehen mußte, wie der Fahrstuhl zuerst anhielt und dann den Blick auf den Papst und seine Entourage freigab, zu der damals noch der Kardinal Marcinkus gehörte, der auch unter dem Spottnamen Paul Gorilla Marcinkus bekannt war. Letzterer war es, der sofort und schneller als die den Papst begleitenden Leibwächter nach mir griff und mir sogleich den rechten Arm umdrehen wollte, als der Papst, ganz ähnlich wie es der Senator und der Barmann getan hatten, sanft, aber mit Nachdruck abwinkte und mich in den Fahrstuhl bat. Dann fragte er mich, während Marcinkus mich den Klammergriffen der Leibwächter überließ und der Fahrstuhl weiter abwärts fuhr, wohin ich denn wolle, worauf ich antwortete: »Zum Workshop Charismatische Erneuerung«. Darauf sagte der Papst nur »Bravo, figlio mio«, und wies einen der Leibwächter an, mich von der Tiefgarage aus, wo der Fahrstuhl hielt, zum

Tagungsraum in den Besuchertrakt zu bringen. Das war meine Begegnung mit dem Papst gewesen, mein ganz persönlicher discorso estivo papale sozusagen, und ein Papsterinnerungsbuch ließ sich daraus nicht machen. Im Grunde reichte es noch nicht mal für einen Papsterinnerungsartikel.
Ich hätte die Begegnung natürlich um mein Treffen mit dem Senator ergänzen können, denn was der Papst für die katholische Kirche war, das war der Senator für die Republik Italien. Aber außer daß der Senator mir einen Wein spendierte, sich selbst ein Glas warme Milch servieren und sich von seinem Personal beinahe den Mund abwischen ließ, war nichts weiter geschehen, was des Aufschreibens wert gewesen wäre.
Auch auf meine Bemerkung »Ich habe Ihr Buch gelesen« hatte der Senator nur genickt; dann war er mit einem Seufzer aufgestanden und samt Leibwächtern wieder verschwunden. Heute weiß ich, daß es ein Fehler war, jemanden anzusprechen, der in Ruhe seine

Milch trinken möchte. Ich würde auch nicht angesprochen werden wollen, wenn ich in Ruhe meine Milch trinken möchte. Zumal dann, wenn ich zugleich von drei Leibwächtern umgeben wäre und gerade aus einem Gerichtssaal käme, wo man mich der Zusammenarbeit mit der Cosa Nostra verdächtigte und für ein paar Jahre ins Gefängnis zu bringen versuchte, obwohl ich siebenmal Minister und fünfmal Ministerpräsident gewesen bin und rund gerechnet ein halbes Dutzend Päpste persönlich kennengelernt habe.

Ich bin dann noch ein wenig in der Bar geblieben, habe erst meinen und dann den vom Senator spendierten Wein ausgetrunken und versucht, mit dem Barmann ein Gespräch über den Senator zu führen. Sowohl über die warme Milch, von der er nur einen einzigen Schluck getrunken hatte, als auch über seinen Prozeß. Sie können sich denken, daß der Barmann weit davon entfernt war, sich mit mir auf ein Gespräch über die mutmaßlichen Mafiaverstrickungen des Senators einzulassen.

Nicht mal über die nicht ausgetrunkene warme Milch des Senators wollte er mit mir reden. Der Barmann kehrte ganz den schweigsamen Sizilianer heraus, den Mann der Omertà, der sein Schweigegelübde wie eine Trophäe vor sich her trägt, was ziemlich lächerlich war, denn natürlich wußte der Barmann außer der Tatsache, daß der Senator seine warme Milch nicht auszutrinken pflegte, auch nicht mehr als jeder Zeitungsleser. Falls er überhaupt Zeitung las, von der *Gazzetta dello Sport* einmal abgesehen. Denn in Wahrheit, aber davon hatte der Barmann keine Ahnung, wußte ich selbst weitaus besser über die Mafia – beziehungsweise und um genau zu sein die Camorra – Bescheid als dieser Omertà-Angeber.
Das habe ich aber nicht irgendwelchen kriminellen Aktivitäten meinerseits zu verdanken, sondern der Tatsache, daß ich über längere Zeit nicht nur in Spanien, Frankreich und Portugal, sondern auch in Italien beruflich tätig war. Eine Zeitlang in Rom als Teilhaber einer Kunstgalerie in unmittelbarer Nähe der

Piazza di Spagna, und einige Jahre zuvor, als ich mein Geld noch mit pädagogischen Dienstleistungen zu verdienen gezwungen war, als Dozent für deutsche und aushilfsweise auch portugiesische Literatur an den Universitäten Salerno und Neapel. Wo natürlich weder die Mafia noch die Cosa Nostra, sondern die Camorra meine Kontaktorganisation war, wenn ich das einmal so formulieren darf, wie es der lokale Abgesandte der Camorra auch mir gegenüber formuliert hatte.

Daß ich an zwei Universitäten zugleich unterrichtete, war nichts Ungewöhnliches in den damaligen Zeiten und hatte natürlich finanzielle Gründe. Ich erinnere mich an Kollegen, die waren sogar an drei Universitäten zugleich beschäftigt – und lehrten dort – mit den entsprechenden Diplomen versehen – sogar ganz verschiedene Fächer. Deutsche Literatur in Neapel, Kirchengeschichte in Salerno und Betriebswirtschaft oder, wie die Italiener sagen, *Economia e Commercio* in Reggio beispielsweise. In Reggio di Calabria wohlgemerkt, was Sie nicht mit Reggio nell'Emilia verwechseln sollten, wo es die Università degli Studi di Modena e Reggio Emilia gibt, an der ich sehr gern einmal unterrichten würde.

Damals habe ich meine an mehreren Universitäten tätigen Kollegen für ihren Einsatz und ihre Mehrfachqualifikationen bewundert, heute glaube ich, daß sie mindestens zwei von den drei Diplomen beziehungsweise Doktortiteln auf nicht ganz legale Weise bei irgendwelchen Druckereien und Stempelherstellern erstanden hatten. Das waren Firmen, die alles druckten, was man sie zu drucken beauftragte, und die mit hohem handwerklichen Ethos alle Stempel und Dienstsiegel herstellten, die es nur herzustellen gab.

Meine Diplome sind alle echt, und der Doktortitel, den ich an der Philosophischen Fakultät der Freien Universität Berlin erworben habe, ebenfalls. Ein wenig anders verhält es sich mit einer Urkunde, die mir den Erwerb eines veterinärmedizinischen Doktortitels bescheinigt und die mir ein befreundeter Buchgestalter

und Typograph gedruckt hatte. Die Urkunde war nichts anderes als ein freundschaftliches und zugleich scherzhaftes Geschenk gewesen, denn der Freund wußte, daß ich immer davon geträumt hatte, Veterinärmedizin zu studieren, um irgendwann eine eigene Tierarztpraxis aufzumachen oder aber Zooarzt zu werden, was mir aber wegen des Numerus clausus nicht möglich gewesen war.
»Vielleicht ein kleiner Trost«, hatte er gesagt, als er mir die Urkunde überreichte, die den Promotionsurkunden der Veterinärmedizinischen Fakultät der Universität Marburg täuschend ähnlich nachgeahmt war. Das einzige Mal, daß ich in Versuchung gekommen war, von dieser Urkunde zu profitieren, war während eines Aufenthaltes in New York, wo ich mir ein Apartment in einem Hochhaus am Rande von SoHo gemietet und einigen der Bewohner des Hauses angeboten hatte, mich um ihre Hunde zu kümmern. Gegen Geld natürlich, denn in New York war es mir damals finanziell sehr schlecht gegangen, was mit der

Trennung von der amerikanischen Kunsthändlerin zusammenhing, mit der ich besagte Galerie in Rom betrieben hatte und mit der ich eine weitere Galerie in New York, und zwar in der dafür bestens geeigneten Gegend südlich der Houston Street, gründen wollte. Zur Trennung kam es, weil die römische Galerie, die anfangs gut gelaufen war, am Ende immer schlechter lief. Den größten Umsatz machten wir, wie damals so manche Galerie, mit handsignierten Dalí- und Miró-Lithographien in sogenannter kleiner Auflage. Allerdings mußten wir später, als bekannt wurde, daß die Auflagen so klein gar nicht gewesen waren, die meisten Lithographien, die in Wahrheit auch keine Lithographien waren, sondern im Offsetdruck hergestellte Lithographie-Imitate, von unseren Kunden gegen Erstattung des Kaufpreises wieder zurücknehmen, wenn wir kein Gerichtsverfahren riskieren wollten.

Das hatte zur Folge, daß Beverly, so hieß meine Partnerin, mich in New York, wo ich nach geeigneten Räumlichkeiten für unsere Filiale

Ausschau halten sollte, nicht nur finanziell auf dem Trockenen sitzen ließ, sondern auch meinen Anteil an den Verlusten einforderte, die mit der Rücknahme der Lithographien verbunden gewesen waren. Ich war aber nicht liquide genug, um mich an den Verlusten zu beteiligen, auch wenn ich mich gern an den Gewinnen beteiligt hatte. Und letztere waren beträchtlich gewesen, das gebe ich gern zu. Aber ich bin kein Mensch, der spart. Und Sie wissen ja besser als ich, was Wohnungen mit Dachterrasse im Zentrum von Rom und mit Blick auf die Kuppel vom Pantheon heutzutage kosten und wie reparaturanfällig so ein Jaguar XJ V8 Souvereign ist, den ich wegen der speziellen Sitze schon allein aus orthopädischen Gründen zu fahren gezwungen war. Ich hatte also beschlossen, lieber bescheiden in New York zu leben als vollkommen ruiniert und von einer unberechenbaren Beverly verfolgt in Rom, und mich demzufolge den Hausbewohnern als Hundebetreuer beziehungsweise Dog Walker angeboten.

Schließlich war der Hundebetreuer, den ich jeden Morgen vor meinem Fenster beobachten konnte, ein höchst unseriöser Mensch, der in Wahrheit nicht die Hunde betreute, sondern einen Handel mit Drogen sowie geklauten Elektrogeräten betrieb. Das weiß ich deshalb, weil ich zwar in einem Wolkenkratzer lebte, dort aber nur eine Wohnung im zweiten Stock beziehen konnte, wobei der erste Stock im Prinzip im Souterrain lag, ich also mehr oder weniger zu ebener Erde wohnte, was mir, immer wenn ich das in den Himmel ragende Haus betrat, ein wenig lächerlich und unwürdig vorkam. Da hätte ich auch gleich auf dem flachen Land irgendwo in Schleswig-Holstein wohnen können, zumal die oberen Wohnungen nicht unbedingt teurer als die unteren, aber leider nicht zu mieten waren.

Wenn ich schon ebenerdig wohnte, dann konnte ich es mir auch mit einem Kissen auf der Fensterbank gemütlich machen und das Treiben vor dem Apartmenthaus beobachten. Auf diese Weise kam ich mit dem Hundeausführer ins Gespräch, der die Hunde erst einmal auf dem Rasenstück vor meinem Fenster ihr Geschäft verrichten ließ, bevor er sie in seinen Hundetransporter brachte und mit ihnen davonfuhr. Wohin er die Hunde bringen würde, fragte ich ihn einmal vom Fenster aus, und er antwortete: »In den Central Park.« Durfte man dort überhaupt Hunde ausführen? Ich kannte nur den sogenannten Dog Walk auf dem Washington Square, ein winziges, eingezäuntes Stückchen Hundeauslauffläche, wo ich mich manchmal auf eine der Bänke setzte und die Hundebesitzer beobachtete.

Der Hundeausführer war ein korpulenter Mensch mit Rastalocken, obwohl er natürlich kein Jamaikaner war, sondern aus New Jersey oder sonstwoher stammte. Außerdem war er so indiskret, auf meine Frage gleich mit einer Gegenfrage zu reagieren, die lautete, warum ich den ganzen Tag am Fenster hocken würde. Da ich dem Mann nicht meine ganze Lebensgeschichte erzählen konnte, sagte ich nur, daß ich keinen Fernseher besaß. Auch kein Radio oder eine Stereoanlage. Also schaute ich aus dem Fenster. Das Apartment hatte ich zwar möbliert gemietet, aber einen Fernseher, ein Radio oder eine Stereoanlage gab es nicht. Das war alles vom Vormieter mitgenommen worden, wie mir der Vermieter erzählt hatte, und er hatte es darum vorgezogen, lieber den Mietpreis zu senken, als die Wohnung aufs neue mit den entsprechenden Geräten auszustatten. Auch der Toaster, der sonst in jedem der möblierten Apartments zu finden war, fehlte. Der Hundeausführer sagte, daß er mir jederzeit einen Fernseher und auch alle anderen Geräte besorgen könne, einen Toaster habe er sogar im Wagen, originalverpackt, den könne ich gleich haben. Ich sagte, daß ich mir den Toaster gern mal anschauen würde, woraufhin er mich bat, kurz herauszukommen und auf die Hunde zu achten, die mich sofort voller Sympathie und Zuneigung umringten und beschnüffelten.

Die Tiere hatten einen guten Instinkt, und ich war ihnen auf Anhieb sympathisch. So ging es mir im übrigen mit allen Tieren. Wo immer ich auf ein Tier traf, mochte mich das Tier. Vielleicht spürten die Tiere, daß ich im Herzen Veterinärmediziner war, obwohl ich nur eine unechte Promotionsurkunde besaß. Aber Tiere gehen bekanntlich nach dem Herzen und nicht nach den Papieren, und ihr Herz sagt Ja, wenn sie mir begegnen, wie mein Herz Ja sagt, wenn ich ihnen begegne. Eine Begegnung zwischen einem Tier und mir, das ist nichts anderes, und ich sage dies ohne jede falsche Zurückhaltung, als ein Fest der Schöpfung.

Natürlich gestaltete sich die Begegnung zwischen mir und den Tieren nicht so, als wären alle Arten dieser Erde bei mir vorstellig geworden. Ich bin nicht Noah, auch wenn ich es gern wäre. Den meisten Tierarten bin ich wie jeder andere Mensch in zoologischen Gärten begegnet. Aber auch hier waren es immer gute, von einer Atmosphäre gegenseitigen Vertrauens getragene Begegnungen. Gern hätte ich diese guten Begegnungen als Tierarzt zu

meinem Beruf gemacht, doch leider hatten meine Abiturnoten dafür nicht ausgereicht. Was zum einen daran lag, daß der Andrang auf das Fach Tiermedizin riesig war. Alle Welt wollte Tiermedizin studieren, und alle träumten davon, eine eigene Tierarztpraxis zu eröffnen oder Zooarzt zu werden. Möglicherweise war das ein generationenspezifisches Phänomen, und die Leute hatten ebenso wie ich zu viele Grzimek-Sendungen gesehen. Dabei weiß jedes Kind, daß Tierärzte in der Regel keine Tierarztpraxis aufmachen und auch nicht Zooärzte werden, sondern für die Fleischbeschau in Schlachthäusern zuständig sind oder als Tierpathologen enden. Davon aber will ein junger und angehender Veterinärmediziner natürlich nichts wissen.
Daß meine Abiturnoten für ein Studium der Veterinärmedizin nicht ausreichten, hatte im übrigen nichts damit zu tun, daß ich ein schlechter Schüler gewesen wäre. Im Gegenteil. Ich hatte an meiner Schule zu den besten Schülern meines Jahrgangs gehört und das

Abitur spielend und mit links hinter mich gebracht. Das Abitur war für mich überhaupt kein Problem gewesen. Englisch, Mathe, Latein, Sport, Religion und so weiter – alles kein Problem. Das Problem war vielmehr, daß der gesamte Jahrgang an unserer Schule nicht sehr gut war. Der war sogar, wie ich später in der Lokalzeitung in einem Bericht über unsere Abiturfeier lesen konnte, der schwächste Jahrgang seit Kriegsende, so daß ich notgedrungen auf Zoologie ausweichen mußte, wo es keinen Numerus clausus gab, was unter anderem mit einer Krise im Fach Zoologie zusammenhing.

Um es deutlich zu sagen: Kein Schwein studierte damals Zoologie – zumindest nicht an der mittelfränkischen Universität, an der ich mich eingeschrieben hatte, wo aufgrund der mangelnden Nachfrage das Fach mit der Zeit personell ausgetrocknet und nur noch von einem einzigen Professor vertreten wurde, der wiederum Entomologe war. Ein angesehener Entomologe zwar, aber doch Entomologe, dessen Stelle zudem mit einem sogenannten KW-Vermerk versehen war, was nichts anderes als »Kann wegfallen« bedeutete. Ich hätte mich lieber auf Hunde, Katzen oder Pferde spezialisiert, denn mir lag daran, daß ich den Tieren, über die ich forschte, auch mal den Nacken kraulen konnte. Statt dessen mußte ich mich mit Insekten beschäftigen, was leicht auf solche Dinge wie Schädlingsbekämpfung hinauslief, wenn man an die falschen Leute geriet.

Das war in Bamberg nicht der Fall, hier lag der Schwerpunkt auf Heuschrecken, die nicht als Schädlinge oder eine der sieben Plagen angesehen wurden, sondern als komplexe Wunderwerke der Natur. Ich hatte mich wiederum auf die Mantis religiosa spezialisiert, insbesondere auf eine afrikanische beziehungsweise ghanaische Art der Mantis religiosa, die aber inzwischen auch im Mittelmeerraum vorkam und im Entomologischen Institut der Universität Bamberg in einem Glaskasten zusammen mit afrikanischen Totenkäfern

gehalten wurde. Da ich auch damals schon meine naturwissenschaftlichen Studien sehr gern mit geisteswissenschaftlichen wie religionswissenschaftlichen Studien verbunden hätte, kam mir die Mantisforschung natürlich entgegen.
Die Gottesanbeterin war nicht nur ein reales, sondern auch ein symbolisches Tier, und am liebsten wäre ich ihren Spuren in der Literatur, im Traum und in der Psychopathologie nachgegangen, was aber in Bamberg nicht möglich war, da der dortige Professor einen knallharten szientifischen Ansatz hatte und sich schon über den bloßen Namen *Gottesanbeterin* aufregte, denn die Mantis betete natürlich nicht, sondern hielt nur ihre Fangwerkzeuge vor der Brust zusammengeklappt, während sie auf Beute wartete. Aber für mich betete sie trotzdem, und zwar um Vergebung dafür, daß sie das Männchen nach und manchmal auch schon während der Begattung verspeiste.
»Ich hätte gern gewußt, was in dem Gehirn so einer Mantis vorgeht«, hatte ich einmal zu

dem Professor gesagt, während ich zusammen mit einem Kommilitonen und unter Aufsicht des Professors damit beschäftigt war, eine Handvoll tote Totenkäfer aus dem Insektarium zu sammeln. Darauf hatte der Professor »Ich auch« geantwortet und mir sogleich mein Thema für eine schriftliche Hausarbeit übertragen, welches lautete: »Das Gehirn der Mantis religiosa. Seine Histologie und Anatomie«. Das war kein Hausarbeitsthema, sondern reichte für eine Doktorarbeit. Ich fügte mich trotzdem und sezierte dutzendweise die totenkopfähnlichen Schädel der Mantis, präparierte das Gehirn heraus und schnitt es in hauchdünne Scheiben. Außerdem stellte ich noch diverse elektrophysikalische Versuche an, die ein wenig über die mir gestellte Aufgabe hinausgingen und die ich hier nicht näher erläutern möchte. Auf jeden Fall war mein Mantisverbrauch ziemlich groß, und wir mußten mehrere Male neue Tiere bestellen. Dafür aber konnte ich dem Professor am Ende des Semesters ein echtes Forschungsergebnis übergeben, das er auch mit einem »ganz erstaunlich« kommentierte und mir zugleich empfahl, das Thema zu einer Examensarbeit auszubauen. Darüber hinaus versprach er mir, die Arbeit an eine entomologische Fachzeitschrift zu schicken, so beeindruckt war er davon.

Über die Idee mit der Fachzeitschrift freute ich mich, auf die Examensarbeit hatte ich jedoch keine Lust mehr. Ich hatte einfach zu viele Tiere verbraucht und mußte nun erleben, daß mir die toten Tiere im Traum erschienen. Sie hatten jedoch keine Totenschädel, sondern sahen aus wie Marienstatuen, und einmal ähnelten sie sogar meiner eigenen Mutter. Schließlich träumte ich davon, daß ich die Gehirne von diversen Bekannten und Verwandten präparierte, wobei das Besondere war, daß diese Träume auch im Wachzustand anhielten. Ich hatte Gehirnpräparationstagträume, um es einmal so auszudrücken, ich war zu einer Art Schädelfresser geworden, schlief schlecht, delirierte tagsüber, betäubte mich mit Alkohol, ging nicht mehr in die Seminare und landete in der psychologischen Beratungsstelle der Universität, wo mir ein Psychologe empfahl, das Studium der Zoologie abzubrechen und irgend etwas »Schönes« zu studieren, wie er sagte, und mir einen Hund oder eine Katze anzuschaffen.

Damit hatte er recht. Vor allem einen Hund hätte ich mir gern angeschafft, konnte dies aber mit meiner unsteten Lebensweise nicht vereinbaren. Man kann nicht abwechselnd in Rom, New York, Berlin oder sonstwo leben und sich einen Hund halten. Dazu hätte ich einen festen und dauerhaft bewohnten Wohnsitz haben müssen, was aber lange Zeit nicht der Fall war. Einzig in Rom und mit Beverly wäre die Hundehaltung möglich gewesen. Allerdings war die Gegend um die Piazza di Spagna so vornehm, daß man dort unmöglich einen Hund ausführen und sein Geschäft verrichten lassen konnte. Es war in einigen der angrenzenden Geschäftsstraßen wie der Via Frattina oder der Via Condotti sogar verboten, Hunde auszuführen, obwohl es mir eine gewisse kindliche Freude bereitet hätte, den Hund einmal gegen die Schaufensterscheiben von Valentino oder Gucci pinkeln zu lassen. Doch die Stadtverwaltung hatte sogar auf alt getrimmte Tontäfelchen mit der eingeritzten Inschrift *Vietato ai cani* an den Hauswänden angebracht, um die Hundebesitzer zu warnen.

Als Hundebesitzer konnte ich mich eigentlich erst in New York fühlen, nachdem es mir gelungen war, dem Hundeausführer einen Teil seiner Tiere beziehungsweise Aufträge abspenstig zu machen. Dabei hat mir die Tatsache geholfen, daß die meisten Hundebesitzer ohnehin unzufrieden mit dem Hundeausführer waren und nicht zu Unrecht den Verdacht hegten, daß der Mann die Hunde gar nicht im Central Park ausführte, sondern in irgendeine Garage einschloß und abends wieder zurückbrachte. Denn die Hunde waren weder müde noch ausgeglichen, wenn sie in die Apartments heimkehrten, sondern nervös und bewegungsfreudig, ja geradezu bewegungsbesessen, so daß die Tiere von den Besitzern, direkt nachdem sie der Hundeausführer abgeliefert hatte, noch einmal ausgeführt werden mußten, was ich von meinem Platz am Fenster aus bestens beobachten konnte.

Ich sah, wie der Hundeausführer die Tiere aus dem Transporter lud, in den Wohnungen ablieferte und davonfuhr, und wie kurz darauf sämtliche Hundebesitzer mit ihren nervösen, kläffenden und an den Leinen zerrenden Tieren vor das Haus traten. Ich bin darum zwangsläufig mit den Hundebesitzern ins Gespräch gekommen und habe, wenn auch ganz absichtslos, darauf hingewiesen, daß die Hunde in einem vollkommen unausgeführten Zustand waren. Aber das merkten die Hundebesitzer ja selbst, und sie waren entsprechend dankbar dafür, daß ich bereit war, gegen ein entsprechendes Honorar den alten und betrügerischen Hundeausführer zu ersetzen. Allerdings verlangte ich mehr Geld, als jener verlangt hatte, und verwies in diesem

Zusammenhang auf meine Qualifikation als studierter Zoologe, auch wenn ich mich vor allem mit Insekten beschäftigt hatte. Sie zeigten sich beeindruckt, und ich konnte meine Klienten zudem überreden, mir einen Aufschlag für die Anmietung eines Transporters zu gewähren, mit dem ich die Hunde in die Auslaufgebiete fahren konnte.

Am Ende hatte ich Verträge mit fünfzehn Hundebesitzern und führte ein sorgenfreies Leben als Hundeausführer. Zumindest für eine kurze Zeit. Es versteht sich, daß ich die Hunde, es waren vom springfreudigen Jack-Russell-Terrier bis zum schafhaften Golden Retriever alle Rassen vertreten, die damals gerade in Mode waren, natürlich nicht oder nur in Ausnahmefällen in den engen und überfüllten Dog Walk auf dem Washington Square brachte, sondern mit ihnen hinausfuhr. Raus! Hinaus! rief ich dann auch, wenn ich am Ziel die Tür des Transporters geöffnet habe, denn nichts war schöner, als ein Rudel nach Bewegung lechzender Apartmenthunde in die freie

Natur zu entlassen. Die freie Natur, das war in meinem Fall Brighton Beach, wohin ich jeden Morgen fuhr und wo es weite Strände, Wind und Möwen, Seetang, Muscheln und auch einen Hundeauslaufstrand gab.
Hier führten natürlich nicht die Einwohner von Manhattan oder gar SoHo ihre Hunde aus, sondern die Einwohner der Gegend, bei denen es sich zumeist um Russen handelte. Insofern fiel ich dort nicht besonders auf, denn auch in mir fließt russisches Blut. Auffallend war allenfalls, daß ich dort mit fünfzehn Hunden spazierenging. Zumal ich mit den Hunden nicht nur spazierenging, sondern auch einige Erziehungsarbeit leistete, denn mit fünfzehn Hunden kann man nur spazierengehen, wenn sie einem aufs Wort gehorchen. Und das taten sie auch. Selbst der Jack-Russell-Terrier, der in Wahrheit nichts anderes im Sinn hatte, als Möwen und andere Seevögel zu fangen und zu zerfleischen, wenn es ihm denn gelungen wäre, gehorchte mir aufs Wort. Die Golden Retriever sowieso. Die Golden Retriever ge-

horchten sogar dann, wenn es gar nichts zu gehorchen gab. Am liebsten waren mir freilich die beiden Border Collies, die sich sogleich als Hütehunde verdient machten und die restlichen dreizehn Tiere, die ich für mich des öfteren und nicht ohne eine gewisse Zärtlichkeit mein dreckiges Dutzend nannte, wie eine Schafherde bewachten und zusammenhielten.

Es war schön in Brighton Beach. Das Meer schimmerte, und die Möwen segelten über den Strand und die hölzerne Promenade, auf der die russischen Familien ihre Spaziergänge machten, um sich dann in einem der ebenfalls russischen Cafés oder Restaurants niederzulassen. Die Menschen waren glücklich und zufrieden; lauter glückliche und zufriedene Russen. Und auch die beiden Border Collies waren glücklich. Sie umkreisten unermüdlich die anderen dreizehn Hunde und legten sich, sobald sie sie zusammengetrieben hatten, in Lauerstellung in den Sand und warteten ungeduldig darauf, daß eines der Tiere sich von

der Gruppe entfernte, um es sogleich zurückzutreiben.
Wobei die Golden Retriever überhaupt nicht daran dachten, sich von der Gruppe zu entfernen. Die Golden Retriever standen starr und unbeweglich wie Retriever-Attrappen im Sand und wagten auch nicht den kleinsten Ausbruchsversuch. Einige der anderen Hunde, darunter der Pudel, der Dalmatiner, der Langhaardackel und die beiden Beagles, versuchten es immerhin ein- oder zweimal, um danach jeden weiteren Versuch einzustellen und sich resigniert zu den Golden Retrievern und den restlichen eher schoßhundartigen Tieren, die ich hier nicht im einzelnen beschreiben möchte, zu begeben und auf der Stelle zu verharren. Einzig der Jack-Russell-Terrier wurde nicht müde, beständig neue Ausbruchsversuche zu wagen, was die Border Collies damit quittierten, daß sie sich für einen kurzen Moment noch tiefer in ihre Lauerstellung hineinduckten, um plötzlich hochzuschnellen und den Terrier so lange

einzukreisen, bis der sich wieder zu den anderen Hunden gesellte.
Man kann sich denken, daß die beiden Collies wie auch der Terrier die glücklichsten und ausgeglichensten Hunde der Welt waren, wenn sie in ihre Apartments zurückkehrten. Im Unterschied zu den anderen Hunden, die ihre Besitzer wie gehabt nötigten, sie am Abend noch einmal auszuführen, was diese wiederum zu Beschwerden veranlaßte. Ich wußte natürlich, warum die Hunde ausgehbedürftig waren, behauptete aber, daß sie trotz stundenlanger Strandspaziergänge noch immer unter dem Einfluß der alten Gewohnheiten stünden, und versicherte den Hundebesitzern zugleich, daß ich ihnen dies sehr schnell abgewöhnen würde.
Fragte sich nur, wie. Ich mußte einen Weg finden, meinem dreckigen Dutzend, den Jack-Russell-Terrier einmal ausgenommen, mehr Auslauf zu verschaffen. Am einfachsten wäre es natürlich gewesen, die Border Collies ins Auto zu sperren und mit den anderen Hun-

den den Strand entlangzuwandern, was ich aber nicht übers Herz brachte. Es hätte das Problem ja auch nicht gelöst, sondern nur zu Lasten der Border Collies verschoben. Da ich mir angewöhnt hatte, nach meinem Strandgang in einem der russischen Restaurants einen Krautwickel, Stampfkartoffeln mit Zwiebeln und Speck oder gefüllte Teigtaschen mit saurer Sahne zu essen, war ich des öfteren mit dem halbwüchsigen Sohn des Restaurantbesitzers ins Gespräch gekommen. Er war ein aufgeweckter, strohblonder und breitwangiger Knabe namens Sascha beziehungsweise Alexander, der sehr schlecht englisch und sehr gut russisch sprach und dem ich irgendwann vorschlug, daß er mich beim Ausführen der Hunde gegen eine kleine Vergütung unterstützte, womit er sofort einverstanden war. Seine Aufgabe bestand von nun an darin, die beiden Border Collies in die eine Richtung den Strand entlangzuführen, während ich die restlichen Hunde in die andere Richtung führte. Nach zwei Stunden trafen wir uns dann wieder am Restaurant, wo ich mein russisches Essen einnahm und den Jungen für seine Dienste entlohnte und gelegentlich auch einlud, mit mir zusammen zu essen. Das tat er sehr gern, besonders die Stampfkartoffeln mit Speck hatten es ihm angetan, wozu er am liebsten Buttermilch trank.

Gelegentlich setzte sich sein Vater, der Besitzer des Restaurants, an den Tisch und manchmal auch der eine oder andere Bekannte, und wenn wir Glück hatten, dann hatte der Bekannte seine Ziehharmonika dabei und spielte darauf ein russisches Lied. Das lockte natürlich andere Bekannte an, die sich ebenfalls dazusetzten, zumal wir ja, wenn das Wetter es erlaubte, auf der Terrasse und direkt an der Uferpromenade saßen. Es wurde gegessen und gesungen, daß es zum Steinerweichen war, denn die russischen Lieder waren allesamt traurige Lieder, die mich zudem an die Canzoni Napoletani erinnerten, für die ich immer eine besondere Vorliebe hatte, O sole mio einmal ausgenommen. Die russischen Lieder waren im Grunde genommen identisch mit den Canzoni Napoletani, nur daß die einen eben auf russisch und die anderen auf italienisch beziehungsweise neapoletanisch gesungen wurden. Da ich beide Sprachen nahezu perfekt beherrschte und auch den neapoletanischen Dialekt während meiner Tätigkeit an der Universität Neapel gelernt hatte, dauerte es nicht sehr lange, bis einer der Russen mir eine Gitarre oder Mandoline reichte und ich meine neapoletanischen Lieder zum besten gab. Erst sang einer der Russen ein russisches Lied, dann sang ich ein neapoletanisches Lied. Und manchmal machten wir es auch umgekehrt: Erst sang ich ein russisches Lied, und dann versuchte einer der Russen, ein neapoletanisches Lied zu singen, was einerseits sehr lustig, andererseits aber auch sehr traurig war. Denn wenn so ein trauriges neapoletanisches Lied wie beispielsweise Santa Lucia oder auch Malafemmina aus einer noch traurigeren russischen Kehle aufsteigt und wenn dazu noch die Sonne über der Strandpromenade von

Brighton Beach und über den dunkelroten, aus Backstein gemauerten Sozialbauten untergeht, in denen die Russen dort normalerweise wohnen, dann war das so zu Herzen gehend, daß nicht nur der Restaurantbesitzer und seine Bekannten feuchte Augen bekamen. Unser nachmittäglicher russisch-neapolitanischer Gesang hätte selbst ein aus Granit gehauenes Stalin-Denkmal aus der Fassung gebracht.

Sie werden sich möglicherweise fragen, was die Hunde eigentlich die ganze Zeit machten, während wir dort bis in den Sonnenuntergang hinein auf der Restaurantterrasse aßen, sangen und natürlich auch den einen oder anderen Schluck tranken. Dazu kann ich nur sagen, daß ich den Hunden ein großes Kompliment machen muß: Sie haben sich in jeder Hinsicht vorbildlich betragen. Und dies gilt nicht nur für die Golden Retriever oder die diversen Schoßhunde, auf die ich hier im einzelnen nicht näher eingehen möchte, sondern auch für die Border Collies und den Jack-Russell-Terrier. Denn ich habe mit Hilfe meines Assistenten Sascha und diversen Portionen Hundekuchen die Hunde dazu bringen können, sich in Reih und Glied auf das Mäuerchen zu legen, das die Strandpromenade vom Strand trennt, und dort so lange zu bleiben, wie ich auf der Restaurantterrasse saß. Wobei die Border Collies an den äußeren Positionen lagen und zwischen ihnen der Dalmatiner, der Pudel, die beiden Beagles, der Langhaardackel, die beiden Golden Retriever sowie die diversen Schoßhündchen.

Die Hunde lagen auf dem Mäuerchen, ich saß mit meinen russischen Freunden auf der Terrasse und hätte noch lange so weiterleben können, hätte mir nicht der betrügerische Hundeausführer mit der Rastafrisur einen Strich durch die Rechnung gemacht und eines Nachts die Reifen meines Transporters zerstochen. Der Mann rächte sich dafür, daß ich ihm seine Kundschaft abspenstig gemacht hatte. Natürlich hatte ich sogleich neue Reifen montieren lassen, doch sobald dies geschehen

war, wurden auch diese zerstochen. Einen weiteren Satz neuer Reifen habe ich mir dann gar nicht erst angeschafft, denn im Grunde wußte ich schon nach dem ersten Anschlag auf meinen Wagen, daß ich gegen den Rastaman keine Chance hatte, zumal er nicht allein handelte, sondern mit diversen Kumpels, die es sich außerdem angewöhnt hatten, morgens und abends vor meinem Apartmentfenster herumzulungern, um mich einzuschüchtern. Ich kapitulierte, gab meinen Job auf und nahm dies zum Anlaß, nicht ohne Wehmut nach Deutschland zurückzukehren. Vor allem die beiden Border Collies und den Jack-Russell-Terrier würde ich vermissen, und natürlich die täglichen Ausflüge an den Strand.
Doch es half nichts, ich war schließlich nicht in Neapel, wo ich mich durchaus gegen Vorstadtganoven dieser Güte zu wehren gewußt hatte. In Neapel war ich ebenfalls einmal erpreßt worden. Wobei die Erpressung darin bestanden hatte, daß eines Tages ein jüngerer braungebrannter Mensch mit allerdings etwas

schmierigen Haaren an der Tür geklingelt und sich als Vertreter meiner Kontaktorganisation vorgestellt hatte, der gekommen sei, um die Gebühren zu kassieren. Auf meine Frage, was das denn für eine Kontaktorganisation sei und wofür ich diese Gebühren zu entrichten habe, hatte der Mann nur gesagt, daß es sich um die für mein Wohnviertel zuständige Kontaktorganisation handle und daß die Gebühren die in diesem Wohnviertel üblichen Gebühren seien. Ich sagte dem Mann, er könne mich mal, und schlug ihm die Tür vor der Nase zu, was zur Folge hatte, daß ich am nächsten Tage eine tote Maus in meinem Briefkasten fand. Die tote Maus schreckte mich nicht. Eher schon die tote Ratte, die eine Woche darauf nicht in meinem Briefkasten, sondern auf meinem Küchentisch lag. Woran sie gestorben war, konnte ich nicht erkennen. Aufgefallen war mir allerdings, daß sie nicht aus dem Maul oder der Nase blutete, wie das in solchen Fällen üblich ist, sondern aus den Ohren. Wahrhaft beunruhigend aber war die

Tatsache, daß die sogenannte Kontaktorganisation anscheinend einen Schlüssel für meine Wohnung besaß. Als ich bei meiner Hausverwaltung vorsprach, die ein gekacheltes Büro in einem Hochhaus in Bahnhofsnähe hatte, wo ein dicker Mensch hinter einem winzigen Metallschreibtisch saß, sagte dieser nur, daß es vollkommen unmöglich sei, daß jemand anderer einen Schlüssel für die Wohnung besitze, und daß er mir trotzdem rate, die Gebühren zu bezahlen. Ich bedankte mich und war fest entschlossen, nicht nachzugeben, meine Kontakte zu nutzen und mich an einen Hersteller von Dosentomaten zu wenden, dessen Sohn einen meiner Kurse besuchte, die ich damals im Fach Scienze Politiche, also Politikwissenschaften, an der Universität Neapel anbot, und der ein gewisses Vertrauen zu mir gefaßt und mich zum Abendessen zu sich nach Hause eingeladen hatte.

Tommaso, so hieß der Student, wohnte an den Hängen des Vesuv in der Nähe eines Örtchens namens Ottaviano, das als Hochburg der Camorra bekannt war. Was das sizilianische Corleone für die Cosa Nostra war, das war Ottaviano für die Camorra – zumindest eine Zeitlang. Zu meiner Zeit aber war es ruhig in Ottaviano. Schießereien, Entführungen, Überfälle, Sprengungen von Geschäften und so weiter – all das lag weit zurück, die entsprechenden Bosse saßen im Knast, und alle anderen schienen zur Tagesordnung übergegangen zu sein. Daß der Vater meines Studenten ebenfalls der Camorra nahestand, um es zurückhaltend zu formulieren, hatte ich nicht wissen können, und ich kann es auch heute noch nicht so recht glauben, denn es handelte sich bei ihm um einen kultivierten Menschen, der nicht nur Tomaten abfüllte und im Geschäft mit Bootsyachten tätig war, Yachten baute, verkaufte und vermakelte, sondern sich auch für Philosophie und die Schönen Künste interessierte und ein besonderes Faible für Benedetto Croce wie auch für die sogenannte Transavantguardia hatte, die damals gerade in Mode war. Außerdem fuhr

er einen weißen Aston Martin Vantage, was mich sogleich für ihn einnahm, zumal ich damals noch nicht wußte, daß ich selbst einmal einen blauen Jaguar fahren würde. Wenn auch einen mit orthopädischen Sitzen.
Ich war damals nicht ohne Stolz in seinen Wagen gestiegen, als er Tommaso und mich vor der Universität abholte, wo ich beobachten konnte, wie sich sämtliche Pedelle, Pförtner, Hausmeister, Putzfrauen und technische Assistenten der Universität vor dem Haupteingang versammelt und uns nachgeblickt hatten. Die Universität wimmelte nur so von Personal in grauen (Pförtner), blauen (Hausmeister) oder weißen (technische Assistenten) Kitteln, die mich wiederum, seit ich in die weiße Limousine von Tommasos Vater gestiegen war, mit besonderem Respekt behandelten, was bis dahin keineswegs der Fall gewesen war. Die Fahrt in dem Wagen werde ich aber auch deshalb nicht vergessen, weil Tommasos Vater, der ein hagerer, sportlicher Mensch war, irgendwann zu mir, der ich auf

dem Vordersitz saß, während Tommaso auf der Rückbank Platz genommen hatte, sagte: »Im Handschuhfach ist der Whisky. Hinter der Pistole.« Ich öffnete das Handschuhfach, sah einen chromglänzenden Revolver und dahinter ein metallenes Taschenfläschchen. Ich reichte Tommasos Vater die Flasche, der nahm einen Schluck, bot mir und seinem Sohn ebenfalls davon an und bat mich dann, nachdem wir dankend abgelehnt hatten, die Flasche wieder ins Handschuhfach zu legen. Hinter die Pistole. Damit er nicht, wie er sagte, aus Versehen zur Flasche greife, wenn er die Pistole brauche. Ob er denn die Pistole jemals brauche, fragte ich ihn ein wenig blauäugig, worauf er nur sagte, daß das Abfüllen von Tomaten in Dosen in gewissen Zeiten ein risikoreiches Geschäft sei. Im Moment habe er die Pistole, bei der es sich um eine Smith & Wesson handele, für die er im übrigen auch einen Waffenschein besitze, nur aus Gewohnheit bei sich. Aber vor ein paar Jahren, da sei er einmal von einem Menschen, der in der ganzen Gegend als 'O Calabrese bekannt gewesen sei, bedroht und beinahe umgebracht worden, so daß er 'O Calabrese aus Notwehr ins Bein beziehungsweise ins Knie geschossen habe. Erst ins rechte und dann ins linke. Seither gehe 'O Calabrese an Krücken und richte keinen Schaden mehr an. Zum Glück.

Wer denn dieser 'O Calabrese gewesen sei, wollte ich daraufhin wissen, worauf Tommasos Vater nur sagte, daß es ein Niemand gewesen sei, eine neapolitanische beziehungsweise kalabresische Null, ein kleiner Erpresser, der wegen tierischer Blödheit erst aus der kalabresischen 'Ndrangheta und dann aus der Camorra rausgeflogen sei. Nun mußte ich an meinen eigenen Erpresser denken, dem ich ja noch immer die Gebühren schuldete, und stellte mir vor, daß ich ihn das nächste Mal mit einer verchromten und perlmuttbesetzten Smith & Wesson in der Hand und den Worten »Hier hast du deine Gebühren« empfangen würde.

Während des Abendessens, bei dem Tommasos Mutter nicht anwesend war und wir von einem Hausmädchen bedient wurden, erzählte Tommasos Vater einiges aus der Welt der Yachtclubbesitzer, aber auch davon, daß er eine Zeitlang Musik und Philosophie studiert habe, bevor er sich erst dem Schiffsbau und dann der Schiffs- und Navigationselektronik zugewandt hatte. Zu den Dosentomaten sei er ganz zufällig gekommen, weil seine Frau einen Haufen Land mit in die Ehe gebracht habe und weil Tomaten nun einmal das Hauptprodukt dieser Gegend seien. Nicht nur im Umland von Neapel, auch in der Camorra herrschten noch immer bäuerliche Verhältnisse. Zwar habe die jüngere Generation einige Ingenieure hervorgebracht, aber das seien zumeist Bauingenieure. Über Schiffs- und Navigationselektroniker verfügten sie nicht und waren auf Gedeih und Verderb von ihm abhängig. Allerdings sei die Zeit der Erpressungen ohnehin vorbei, und wenn, dann sei allenfalls er selbst der Erpresser und die anderen seien die Erpreßten, schließlich wisse er, auf welchen Frequenzen da gefunkt würde.

Darüber mußte Tommasos Vater herzlich lachen, und auch Tommaso griente, womöglich kannte er den Witz schon. Vielleicht war es aber auch gar kein Witz, sondern ein Hinweis darauf, daß ich hier im Haus eines Bosses saß, der allerdings gar nicht wie ein Boß aussah, sondern eher wie ein älterer, aber vitaler Langstreckenläufer. Da das Stichwort Erpressung schon gefallen war, erzählte ich Tommasos Vater, das in dem Viertel, in dem ich wohnte, immer noch Abgaben erpreßt würden. Ich jedenfalls hätte erst eine tote Maus im Briefkasten und dann eine tote Ratte auf dem Küchentisch gefunden, als ich mich geweigert hatte, einem schmierigen jungen Mann die sogenannten Monatsgebühren zu bezahlen. Als Tommasos Vater das hörte, war er außer sich. So behandle man keine Gäste, solche Erpresser würden Neapel zugrunde richten, er sei immer schon dagegen gewesen, das sei übelste Kleinkriminalität und er werde dafür sorgen, daß ich nicht mehr behelligt werde. Wieviel Miete ich überhaupt zahlen würde, fragte er, und ob das vielleicht eine Wuchermiete sei, und wenn das eine Wuchermiete sei, dann würde er mir auch eine gehörige Mietsenkung verschaffen. Ich bedankte mich, fand aber, daß eine Mietsenkung gar nicht notwendig war, mir würde schon reichen, wenn der junge Mann nicht mehr auftauchte.

Nachdem wir unsere Nudeln verspeist, das Kalbsschnitzel gegessen und noch einen Cognac getrunken hatten, ließ es sich Tommasos Vater nicht nehmen, mich mit dem Wagen nach Hause zu fahren, weil er das Haus und die Straße sehen wollte, in der ich wohnte. Das Viertel kannte er, aber die Straße, eine Via Marconi, offenbar nicht. Als er mich vor der Haustür absetzte, sagte er, daß er die Straße natürlich kenne, er wußte nur nicht, daß sie Via Marconi hieß, und er fügte hinzu, daß er sich gleich morgen um die Sache kümmern werde und daß ich außerdem ein wenig auf

seinen Sohn und dessen Studienleistungen achten solle.
Der Vater hatte nicht ganz unrecht, wenn er sich um Tommasos Studienleistungen sorgte. Ich wußte aus meinen eigenen Seminaren wie auch von den Kollegen, daß er zu den schwächsten Studenten gehörte. Er war bei allen beliebt, aber ein schwacher Student. Er war herzensgut, ein sogenannter *bravo ragazzo*, aber gänzlich unintellektuell. Warum er sich ausgerechnet für Politikwissenschaften entschieden hatte, war vollkommen unverständlich. Das war etwas für Leute, die reden konnten und diskutieren. Studentenführer und Parteiaktivisten studierten Politikwissenschaften, oder Leute mit journalistischen Interessen. Tommaso hingegen interessierte sich vor allem für seine Verlobte, ein zartes, dunkelhaariges Mädchen mit ebenso zarten, seidenweichen Härchen auf der Brust – und für Slow food, eine ökologische Ernährungsbewegung, die gerade in Süditalien Fuß zu fassen versuchte. Tommaso träumte davon,

irgendwo in einem campanischen oder kalabresischen Küstenort einen Slow-food-Laden aufzumachen, was im Grunde nichts anderes hieß, als daß er dort selbstgebackenes Ingwergebäck verkaufen und Jasmintee dazu ausschenken wollte. Tommaso schenkte Jasmintee aus, und sein Vater lief mit einer Smith & Wesson durch die Gegend.

Ich weiß nicht, wie Tommasos Vater es bewerkstelligt hatte, aber schon am Tag nach dem Abendessen erschien der dicke Mann von der Hausverwaltung mit einem Handwerker, ließ das Schloß auswechseln und überreichte mir die drei dazugehörigen Schlüssel samt einem Zertifikat, das nur mich berechtigte, Nachschlüssel anfertigen zu lassen. Am übernächsten Tag wurde mir per Boten ein Brief der Hausverwaltung überbracht, in dem ich lesen konnte, daß aufgrund der veränderten Umgebungsmieten eine Mietsenkung für mein Apartment notwendig geworden sei. Die Mietsenkung betrage dreiunddreißig

Prozent und werde rückwirkend fällig, so daß der ausstehende Betrag auf meinem Konto gutgeschrieben und mit der Miete verrechnet würde, was nichts anderes bedeutete, als daß ich mehrere Monate lang gar keine Miete zu zahlen hatte. Es versteht sich von selbst, daß ich auch den schmierigen jungen Mann nie mehr wiedergesehen habe, auch wenn ich befürchtete, daß er mir eines Tages auf zwei Krücken und mit zerschossenen Knien entgegenhumpeln würde. Aber das war nicht der Fall.

Den Rest meiner neapolitanischen Zeit lebte ich in *santa pace*, wie der Südländer zu sagen pflegt, gab meinen Unterricht und trank mit Tommaso, der mir jedesmal Grüße von seinem Vater ausrichtete, gelegentlich einen Espresso. Manchmal gingen wir auch zusammen mit seiner Verlobten in eine Pizzeria, wo ich es nie versäumte, dem zarten Mädchen auf das Dekolleté und in die Bluse zu schauen, und dort auch immer ein paar von diesen seidenweichen Härchen entdeckte. Möglicherweise

entwickelte ich mich damals zu einem Brusthaarfetischisten – mit einseitiger Fixierung auf weibliches Brusthaar. Ganz gegen meine Absicht natürlich, aber wenn ich Tommasos Verlobte sah, dann kam es über mich, und ich hätte gern eines von diesen Härchen herausgezupft und für alle Zeiten aufbewahrt.
Doch ich hielt mich zurück, auch wenn mir Teresa, so hieß Tommasos Verlobte, gelegentlich einen verheißungsvollen Blick zuwarf, so wie mir die italienischen Frauen generell zugetan waren. Das mag ein wenig eitel klingen – doch soll ich Tatsachen verschweigen? Und darum verschweige ich auch nicht, daß sich die Bemühungen von Tommasos Vater insofern gelohnt haben, als ich Tommaso während des Studiums und speziell vor Prüfungen hier und dort unter die Arme gegriffen und ein wenig instruiert habe, um es einmal vorsichtig auszudrücken, was möglicherweise moralisch und auch juristisch nicht immer ganz einwandfrei war. Aber was sollte ich machen?

Letzteres war eine Frage, die sich mir des öfteren stellte, die ich aber zumeist zu meiner eigenen Zufriedenheit beantworten konnte: Ich tat einfach das, was für mich und mein Fortkommen das beste war. Und wenn dabei auch noch jemand anderem geholfen wurde – warum denn nicht? Helfen war schließlich keine Schande. Erst recht nicht für jemanden wie mich, der ich eine Zeitlang als Entwicklungshelfer beim European Volunteer Service tätig gewesen war, zuerst in einem französischen Pyrenäendorf und dann auf der Karibikinsel Jamaika. Wobei ich auf die Entwicklungshilfe in den Pyrenäen nicht näher eingehen möchte und auch heute nicht recht begreife, warum deutsche Entwicklungshelfer in Frankreich Gratisarbeit leisteten. Hat man jemals französische Entwicklungshelfer in Deutschland gesehen? In Schleswig-Holstein beispielsweise oder in Mecklenburg-Vorpommern?

Meines Wissens nicht, und schon gar nicht beim Straßenbau. Denn das sogenannte Entwicklungsprojekt bestand darin, daß wir eine Bergstraße zu bauen hatten, die ein verlassenes Pyrenäendorf mit einem anderen verlassenen Pyrenäendorf verband. Übernachtet haben wir in einem Verschlag, der einmal ein Schafstall gewesen war und in dem es von Flöhen wimmelte. Der zuständige französische Beamte ließ, nachdem wir uns mehrere Male erfolglos beschwert und dann die Einstellung unserer Arbeit angedroht hatten, ein paar Kilo mehliges Insektengift in den Schafstall schütten, so daß wir um unsere Gesundheit fürchten mußten und das Hilfsprojekt abbrachen. Ich bin dann allerdings nicht zurück nach Deutschland gefahren, sondern machte mich mit einer blonden Praktikantin des Volunteer Service nach Spanien auf, um mich vom Straßenbau, der Schlaflosigkeit und dem Insektengift zu erholen.

Ich bin immer gern mit Praktikantinnen gereist. Und die Praktikantinnen auch mit mir. Die Reise mit der Praktikantin des Volunteer Service war jedoch insofern problematisch, als sie auf dem Jakobsweg nach Santiago de Compostela wandern wollte. Ich hatte aber etwas ganz anderes vor: nämlich eine Rundreise mit dem Leihwagen durch einige andalusische Paradores, denn nirgendwo gab es breitere Betten und ein besseres Frühstück als in andalusischen Paradores. Ich wollte auf keinen Fall zu Fuß gehen. Weder durch Spanien noch durch irgendein anderes Land. Ich wollte reisen, wie ein ganz normaler Tourist eben reiste. Ich wäre auch nie auf den Gedanken gekommen, mich in Peru in eine Eisenbahn zu setzen, die so hoch ins Gebirge hinauffuhr, daß man während der Fahrt eine Sauerstoffmaske benötigte.

Die Praktikantin aber wollte pilgern. Sollte sie doch. Ich bin zwar oft und gern mit Praktikantinnen unterwegs gewesen, aber immer nur zu meinen Bedingungen. Und die lauteten: keine Pilgerwege, keine Mehrbettzimmer, keine Gemeinschaftsduschen, keine Gebirgsüberquerungen, kein Kontakt zu reisenden Schulklassen. Und auch kein gemeinsames Singen.

Weder zu zweit noch zu mehreren. Obwohl ich durchaus für Gesang zu haben war. Aber nur für Kunstgesang, nicht für Wander- und Fahrtenlieder.
Von meinen Bedingungen konnte ich auch diesmal nicht abrücken und setzte die Praktikantin in einem Ort namens Saint-Jean-Pied-de-Port ab, von wo aus sie die Pyrenäen Richtung Roncesvalles überqueren wollte. Natürlich hatte sie keinen Pilgerausweis, was ich ihr auch sagte, und ohne Pilgerausweis würde sie keine Pilgerstempel sammeln können, was ich ihr ebenfalls gesagt habe. Aber das war der Praktikantin egal. Obwohl sie an und für sich ein blondes und guterzogenes Mädchen war und aus einer süddeutschen Akademikerfamilie stammte, ließ sie mich wissen, daß ihr die Stempel scheißegal seien. Wortwörtlich. Was mich dann doch ein wenig verletzte. Ein Aussendedokument ihrer schwäbischen Pfarrgemeinde besaß sie natürlich auch nicht, und ohne Aussendedokument würde sie nie und nimmer das sogenannte Credencial in Santia-

go de Compostela erhalten, wenn sie es überhaupt bis dahin schaffte.
Aber das sagte ich ihr nicht, es wäre ihr wahrscheinlich ebenfalls scheißegal gewesen. Am liebsten hätte ich ihr ein paar Verse nachgerufen, die mir gelegentlich durch den Kopf gingen: »Caminante, non hay camino, sino estelas en la mar«, was auf deutsch nichts anderes heißt als »Wanderer, es gibt keinen Weg, nur Kielspuren eines Schiffes im Meer«.
Die Verse stammten von Antonio Machado und paßten nicht so recht zur Situation, so daß ich sie lieber für mich behielt. Statt dessen konnte ich beobachten, daß schon bald und bevor die Praktikantin auf den schmalen Bergpfad abgebogen war, der nach Roncesvalles führte, zwei rucksackbepackte und wimpelbehängte deutsche Oberschüler an ihr klebten. Sie würde noch an mich denken, sagte ich mir, wenn sie von den Oberschülern erst einmal genügend vollgequatscht worden war. Dann machte ich mich, nicht ohne Melancholie, allein auf den Weg Richtung Süden.

Vielleicht würde sie ja auch nicht an mich denken. Vielleicht war ich zu alt für Praktikantinnen geworden. Vielleicht mußte ich mich von allen Praktikantinnen dieser Welt verabschieden und mich an Frauen mit einer abgeschlossenen Ausbildung halten. Darüber wollte ich in Ronda nachdenken, wo ich nicht im Parador, sondern im Reina Victoria Hotel abstieg, auf demselben Stockwerk wohnte wie Rilke und in meinem Zimmer ein paar vom genius loci inspirierte Gedichte schrieb.

Ich war zufrieden in Ronda. Vielleicht sogar glücklich. Mehr wollte ich nicht. Die Schwalben kreisten über den Felswänden, die Stiere grasten auf den Weiden oder schliefen unter Steineichen und träumten friedliche Träume, und ich hätte es ihnen noch wochenlang gleichgetan, hätte ich nicht meine nächste Dienstetappe in Jamaika antreten müssen, wohin ich von Luxemburg aus flog. Erst mit der Air Bahamas bis Nassau, wo ich übernachten mußte, und dann mit der Air Jamaica nach

Kingston. In Nassau fuhr ich vom Flughafen direkt ins Hotel. Dort empfing mich an der Rezeption ein Mensch, der große Ähnlichkeit mit dem Rastaman aus New York hatte und mir nicht nur das Zimmer vermietete, sondern auch gleich ein Päckchen Ganja zum Verkauf anbot. Ich wollte nicht weiter auffallen und nahm das Angebot an, zahlte mein Zimmer einschließlich des Aufschlages für das Ganja und legte mich auf das Bett, wo ich unter einem fadenscheinigen Laken und erschöpft vom Jetlag einschlief.
Wach wurde ich erst wieder, als jemand an meine Tür klopfte. Es war der Rastaman, der wissen wollte, ob ich Interesse an einem Mädchen hätte, was ich verneinte. Ich wollte mir die Stadt ansehen und anschließend irgendwo einkehren und ein Barbecue essen. Ich hätte auch nichts gegen landestypische Begleitmusik zum Barbecue gehabt, von mir aus unter Zuhilfenahme von leeren Ölfässern, aber auf ein Mädchen hatte ich keine Lust. Ich sagte »Danke, nicht nötig«, worauf der Rastaman

mich mit großen gelben Zähnen angrinste und mir ein schwarzes Mädchen ins Zimmer schob und sich davonmachte.
Das Mädchen war sehr hübsch, eine karibische Schönheit mit lockigen Haaren. Sie trug ein ärmelloses, künstlich durchlöchertes T-Shirt und einen kurzen Seidenrock, bei dem es sich wohl eher um einen Unterrock handelte. Schuhe hatte sie keine an den Füßen, auch keine Sandalen, sie ging ihrem Geschäft barfuß nach und verkörperte alles in allem eine überzeugende Alternative zu süddeutschen Praktikantinnen. Aber ich hatte trotzdem keine Lust. Ich wollte meinen Dienst auf Jamaika nicht mit einer wie auch immer gearteten Infektion antreten, von den moralischen Gefahren einmal ganz abgesehen. Schließlich war ich pietistisch erzogen worden, hatte früh das Orgelspiel erlernt, war sogar manchmal als Aushilfsorganist in unserer Kirche tätig gewesen und hatte jeden Sonntag nach dem Kindergottesdienst meine Groschen in den hölzernen Nickneger gesteckt.

Das Mädchen wußte natürlich nichts von meinen Gedanken, legte sich ohne Umstände aufs Bett, schob den Rock hoch, unter dem sie nackt war, und bot sich mir auf eine so eindeutige Weise dar, daß mir schwindlig wurde. Ich fühlte, wie die Erinnerung an den Kindergottesdienst schwach und immer schwächer wurde, ging mehr oder weniger willenlos auf das Bett zu, wollte mich gerade neben das Mädchen legen und hatte eine Hand bereits auf ihrem Schenkel, als sie, die mich die ganze Zeit vollkommen ernst angeschaut hatte, plötzlich zu lächeln begann.

Sie lächelte ein aufmunterndes Lächeln, was mich durchaus beglückt hätte, wären da nicht nur die vollen geschwungenen Lippen, sondern auch ein paar Zähne gewesen. Aber die Schöne war vollkommen zahnlos, was mich dann doch zurückschrecken und einige Entschuldigungsfloskeln murmeln ließ, so daß das Mädchen aufstand und nun nicht mehr lächelnd, sondern schimpfend das Zimmer verließ. Zwei Minuten später klopfte es, und der Rastaman verlangte das Geld für den Service, wie er es nannte. Ich fragte mich, was so ein Rastaman überhaupt auf den Bahamas machte, gehörte der nicht nach Jamaika? Er war eindeutig unrechtmäßig hier, aber ich zahlte trotzdem die nicht erbrachte Dienstleistung, weil ich mir sicher war, daß alles andere zu schwer kalkulierbaren Unannehmlichkeiten führen würde. Von Nassau habe ich dann außer einem Barbecuerestaurant nicht mehr viel gesehen und war auch froh, die Bahamas wieder zu verlassen.

Der Flug nach Jamaika zeichnete sich unter anderem dadurch aus, daß der Captain beim Überfliegen von Kuba die scherzhafte Entwarnung »There is no reason to be nervous« aussprach, was die zumeist amerikanischen Passagiere natürlich erst recht nervös machte; darüber hinaus gab es als besonderes Begleitprogramm eine Modenschau. Das war die erste und bisher letzte Flugzeugmodenschau meines Lebens gewesen, die Stewardessen waren die Mannequins, und vorgeführt wurde karibische Trachtenkleidung, falls es so etwas überhaupt gab. Ich sah wehende rote, blaue und grüne Röcke und Blusen mit Palmen- und Papageienmotiven und auch ein paar kesse Strohhüte, und ich sah ebenfalls viele amüsierte und begeistert Beifall klatschende Amerikaner, die alle nach Jamaika flogen, um dort Urlaub zu machen.

Am Flughafen Kingston wurde ich von einem älteren Engländer namens George abgeholt, der ein wenig wie Graham Greene aussah, nur aristokratischer, und der in Jamaika als Landesbeauftragter des Volunteer Service tätig war. Er brachte mich in seinen Bungalow im Norden der Hauptstadt, den er zusammen mit einem jamaikanischen Universitätsdozenten bewohnte, einschließlich Hollywoodschaukel im Garten sowie eines Gärtners und eines Hausmädchens. Das gehöre in Jamaika einfach dazu, erklärte mir George, obwohl er nicht dafür war, daß man sich als Entwicklungshelfer von einheimischem Personal bedienen ließ. Aber er akzeptierte den Gärtner und die Köchin, weil er den beiden ihre Arbeitsplätze nicht wegnehmen wollte. Ich sagte gleich, daß mich die beiden auch nicht stören würden, und bezog den Gästetrakt des Bungalows, eine Art Einliegerapartment mit Wohnraum, Schlafraum, Bad, Küche und einer Terrasse, die auf den hinteren Teil des Gartens führte und wo ich, noch ehe ich meinen Koffer ausgepackt hatte, Salamander und Geckos beobachten konnte sowie ein paar Kolibris, die sich im Flug und mit phantastisch schnellem Flügelschlag an irgendwelchen exotischen Pflanzen zu schaffen machten.

Nach zwei Tagen, an denen ich mich vom Flug erholt und ein wenig akklimatisiert hatte, wies mich George in meine Aufgaben ein. Ich sollte nicht in Kingston arbeiten, was mir auch ganz recht war, denn die Stadt war zu der damaligen Zeit ein eher unfreundliches Pflaster für europäische Besucher. Schon während der Fahrt vom Flughafen waren mir auf die Hauswände gesprayte Parolen wie *No whites, Fuck the whites* oder auch das ironische

und mir darum gar nicht unsympathische *No whites allowed* aufgefallen, und auch die vielen Rastamen mit ihren Strickmützen, die an jeder Straßenecke herumstanden, wirkten nicht gerade beruhigend auf mich. Mir schien es ratsam, mich in den Straßen von Kingston vorerst nicht blicken zu lassen.
George erzählte mir, daß die Rastamen Anhänger des äthiopischen Kaisers Haile Selassie seien, was mir nicht ganz schlüssig vorkam. Möglicherweise verwechselte George hier etwas. Aber ich sagte nichts und wollte mich auch nicht blamieren, falls er doch recht hatte. Normalerweise wußte ich mit historischen Dingen ziemlich gut Bescheid, konnte europäische Kaiser- und Königsdynastien im Schlaf herunterbeten, war schon in der Schule, wenn es um Geschichte ging, immer unter den ersten gewesen und hatte mich gewissermaßen von Kindesbeinen an nicht nur für deutsche Geschichte, sondern auch für Weltgeschichte einschließlich Kolonialgeschichte interessiert: Karibik, Afrika, Südsee und so

weiter. Nur die Sache mit den Rastamen und mit Haile Selassie war mir bis jetzt verborgen geblieben, aber das würde ich nachholen. Jetzt mußte ich mich erst einmal mit etwas anderem beschäftigen, denn George hatte vor, mich in einem ganz speziellen Problembezirk im Norden der Insel einzusetzen, so daß wir nach Montego Bay flogen, um von dort aus mit einem Wagen des Volunteer Service weiterzufahren. Schon bei der Landung war mir auf dem Flughafen von Montego Bay eine schwarze Boeing oder DC9 oder was auch immer aufgefallen, deren Heck mit einem weißen Playboy-Bunny verziert war. George erzählte mir, daß das Flugzeug Hugh Hefner gehöre, der in Montego Bay eine Villa besaß und anscheinend gerade auf der Insel war. Wir waren uns einig, daß eine schwarze DC9 mit einem weißen Playboy-Häschen-Logo ziemlich geschmacklos war, zumal auf Jamaika; und ich sagte scherzhaft zu George: »Fuck the bunnies.« George verzog aber keine Miene, obwohl man mit ihm durchaus die eine oder andere ironische Wendung austauschen konnte. Aber in bezug auf die unterentwikkelten Länder war er hochethisch eingestellt, kannte keinen Spaß, hatte eine radikal antikolonialistische Einstellung und sympathisierte mit dem Radikalismus der Rastamen. Im Grunde verurteilte er es politisch, daß er hier als Landesbeauftragter tätig war, genauso wie er es politisch verurteilte, daß er einen Gärtner und ein Hausmädchen hatte. Aber was sollte er machen?

Es hätte mich nicht gewundert, wenn er auch Reaggiemusik gehört hätte, obwohl er rein äußerlich eher wie ein Mitglied des englischen Oberhauses wirkte. So lief denn im Autoradio, als wir uns von Montego Bay aufmachten, um zu meinem Einsatzort zu fahren, auch keine Reaggiemusik, sondern eine Kassette mit Schubertliedern. Er hatte mich freilich zuvor gefragt, ob ich mit ein wenig Schubert einverstanden sei. Natürlich war ich einverstanden. Mit Schubertliedern war ich groß geworden. Ich hatte sogar selbst einige

Zeit Gesangsunterricht gehabt und hätte am liebsten eine Kostprobe zum besten gegeben. Nicht das »Fremd bin ich eingezogen, fremd zieh ich wieder aus« allerdings, sondern »Es bellen die Hunde, es rasseln die Ketten«. Aber ich verkniff mir die Gesangseinlage. Erstens konnte ich nicht für die entsprechende Qualität garantieren, ich hatte schon Jahre nicht mehr gesungen, und zweitens schien mir die kulturelle Irritation ohnehin groß genug, die sich aus der Differenz zwischen der Musik im Wageninneren und der Welt außerhalb des Wagens ergab. Wobei das für George überhaupt kein Problem zu sein schien, zumal auf der Ablage noch weitere Kassetten lagen, Bruckners Neunte beispielsweise und eine Kassette mit Wagner-Vorspielen.

Statt zu singen hörte ich lieber zu, was mir George über meinen künftigen Arbeitsplatz zu sagen hatte. Es handelte sich um eine kleine Ortschaft mit Namen Seaford Town, ungefähr achtzig Kilometer von der Nordküste entfernt und im Bezirk Westmoreland gelegen. Das

Besondere an dem Ort war, daß er von Deutschen gegründet und noch immer bewohnt wurde, die sich so gut wie nie mit Jamaikanern vermischt hatten und allesamt blond und blauäugig und auch ein bißchen blöd waren. Mit anderen Worten: Aus der deutschen Kolonie war eine Elendssiedlung geworden. Die inzestgeschädigten Menschen waren ihrem Schicksal noch hilfloser ausgesetzt als viele der ärmsten farbigen Jamaikaner. Einige von ihnen verdingten sich als Landarbeiter und Tagelöhner, doch die meisten bestritten ihren Lebensunterhalt von der Unterstützung des Volunteer Service und anderer Hilfsorganisationen. Und regelmäßig wurde jemand nach Seaford Town delegiert, um Sozialarbeit vor Ort zu leisten. Das sollte nun meine Aufgabe sein. Mit Sozialarbeit kannte ich mich aus, immerhin hatte ich, auch aus Opposition zu meinem wohlhabenden Elternhaus, sieben Semester an der Berliner Fachhochschule für Sozialarbeit und Sozialpädagogik unweit vom Winterfeldplatz studiert und eine Diplomarbeit über Wilhelm von Humboldts Bildungstheorie geschrieben, was vielleicht ein wenig schöngeistig anmuten mag, wenn man bedenkt, daß meine Studienkollegen sich vor allem mit Altenarbeit, Behinderten, Drogen- und Suchthilfe, Migration, Sozialpsychiatrie, Straffälligenhilfe, Geschlechterforschung und ähnlichen eher belastenden Dingen beschäftigten. Aber mir war daran gelegen, eben auch hier einen Kontrapunkt zu setzen. Daß ich als Humboldt-Spezialist Schwierigkeiten hatte, bei irgendeiner Sozialbehörde, ob in Berlin oder sonstwo, eine Anstellung zu finden, steht auf einem anderen Blatt.

Aber ich wollte ja auch gar keine Anstellung finden. Und ich wußte, daß ich eines Tages ebensogut als Freiwilliger tätig werden konnte. Auf Jamaika beispielsweise, was ich damals freilich noch nicht wissen konnte. Doch trotz meiner Humboldt-Kenntnisse gehörten zu meinen unbedingten Vorsätzen immer auch die folgenden: Belästige die Menschen, für die du arbeitest, nicht mit deinen Lateinkenntnissen. Protze nicht philosophisch. Bete keine mathematischen Formeln herunter. Rede nicht griechisch, außer in Griechenland. Und dort auch nur neugriechisch. Denke immer daran, daß die anderen nicht die Möglichkeiten hatten, die dir ein gnädiges Schicksal zuteil werden ließ.

Das alles galt natürlich auch für Seaford Town, wo ich ein Gästezimmer im zweiten Stock des Gemeindehauses bezog und schon am nächsten Tag zusammen mit einem örtlichen Sozialarbeiter mit meiner Tätigkeit begann, indem ich einen Rundgang durch den eher unscheinbaren Ort machte und auch eine deutsche beziehungsweise deutschstämmige Familie besuchte. Die Familie wohnte wie die meisten Deutschen hier in einem schlichten Holzhäuschen, das nur aus einem einzigen Raum bestand und mit Holzbrettern ausgelegt war. Die Holzbretter wurden mit einer halben Kokosnuß gebohnert, und mir war gleich aufgefallen, daß die dazu in Gebrauch befindliche halbe Kokosnuß griffbereit neben

der Eingangstür lag. Das kam mir in gewisser Weise typisch deutsch vor, und typisch deutsch war auch, daß in der ärmlichen, aber aufgeräumten und ansonsten völlig schmucklosen Hütte ein Plakat der Hansestadt Lübeck an der Wand hing.
Ich fragte mich, wie ausgerechnet dieses vom Fremdenverkehrsverein Lübeck stammende und vollkommen unzerknitterte Plakat wohl nach Seaford Town gelangt sein mochte, sagte aber nichts und ließ mich vor dem Häuschen auf einem Holzhocker nieder. Ein Mann, eine Frau und zwei Kinder setzten sich zu mir. Alle waren sie blond und blauäugig und schienen außerordentlich friedfertig und arglos zu sein. Deutsch sprachen sie natürlich nicht, englisch eigentlich auch nicht, sondern eine leicht deutsch akzentuierte Abart dessen, was man Patois nennt. Ich hatte mich zwar des öfteren mit Mundartforschung und Sprachgeschichte befaßt, besonders mit der Geschichte der kleineren Sprachen, aber mit Patois beziehungsweise deutsch grundiertem, jamaikanischem

Kreolisch war ich eher unvertraut. Am besten kannte ich mich mit der baskischen Sprache aus und konnte mich auch leidlich auf baskisch verständigen. Das hatte mit Humboldt zu tun, der ja über das Baskische beziehungsweise Vaskische oder auch Basquische, wie es in Humboldts Tagebüchern heißt, geforscht und herausgefunden hatte, daß das Baskische aus dem Altiberischen hervorgegangen ist. Dieser Befund half mir auf Jamaika jedoch nicht weiter. Freilich lernte ich bald das kreolische Jamaikanisch zu verstehen und auch ein wenig zu sprechen. So daß es auch nicht lange dauerte, bis ich die Leute nicht mehr mit einem »How do you do?« begrüßte, sondern mit einem »Aalrait?« Und ich scheute mich auch nicht, meinerseits auf so ein »Aalrait?« mit dem in Jamaika durchaus üblichen Satz zu antworten: »Äwriting kuk & körri«, was soviel heißt wie »Everything cooked and curried«. Man kann sich denken, daß meine sprachliche Unbefangenheit mir sehr dabei half, ein vertrauensvolles Verhältnis zur Bevölkerung von Seaford Town und speziell natürlich zur deutschstämmigen Bevölkerung aufzubauen. Aber auch der eine oder andere Rastaman begrüßte mich schon bald mit einem kollegialen »Hai, dreddy!« – ganz so, als ob ich einer der Seinen wäre.

Meine soziale Integration in Seaford Town verlief also reibungslos, die Entwicklungsarbeit, für die ich eingeteilt war, dagegen eher schleppend. George hatte vorgesehen, daß ich einigen deutschstämmigen Kindern Nachhilfeunterricht geben sollte, wogegen ich im Prinzip nichts hatte. Ich hatte selbst schon daran gedacht, so etwas wie einen Lesezirkel einzurichten, *Hundert Jahre Einsamkeit* beispielsweise würde den Leuten sicher gefallen haben, aber George war der Meinung, ich solle erst einmal mit dem Nachhilfeunterricht beginnen.

Ein zweites Projekt, das ich im Kopf und George auch gleich vorgeschlagen hatte, war eine Geschichtswerkstatt. Ich stellte mir vor, daß die deutschstämmigen Einwohner von Seaford Town die Geschichte ihrer Herkunft und ihrer Vorfahren recherchierten und daß wir dann gemeinsam eine kleine Ausstellung im Gemeindehaus machen würden, aus der vielleicht sogar einmal ein Heimatmuseum hervorgehen könnte. Ich hatte so etwas einmal kurz nach der Wende mit Hilfe von einem halben Dutzend ABM-Stellen und in Zusammenarbeit mit einigen Bürgerrechtlern in einer mecklenburgischen Kleinstadt initiiert, worauf ich aber jetzt nicht näher eingehen möchte. Doch auch die Geschichtswerkstatt redete mir George wieder aus und plädierte nachdrücklich für die Nachhilfegruppe. Letzteres war insofern schwierig, als sich nur drei Schüler gefunden hatten, die bei so einer Gruppe mitmachen wollten. Die Kinder waren blond, blauäugig und analphabetisch. Von Nachhilfe konnte also gar nicht die Rede sein. Allenfalls von Erster Hilfe. Außerdem waren sie emotional so ausgehungert, daß sie beständigen Körperkontakt zu mir suchten. Sie klammerten sich an mich, hielten meine Hände, legten ihre auf meinen Kopf, hängten sich an meine Schultern, krabbelten unter den Tisch und rollten mir die Hosenbeine hoch und ähnliche Scherze mehr. Wie sollte ich mit solchen Kindern arbeiten? Mit Humboldts Bildungstheorie kam ich hier möglicherweise nicht weiter. Irgendwann war ich der Überzeugung, daß es sich bei den drei ungefähr sieben- bis zehnjährigen Knaben um Kinder mit Säuglingsreife handelte, und ich legte die Schreib- und Rechenfibeln, die mir die Gemeindeverwaltung zur Verfügung gestellt hatte, zur Seite und begann mit leeren Pappkartons zu spielen, die wir im Hof hinter dem Gemeindehaus gefunden hatten. Pappkarton aufmachen. Pappkarton zumachen. Zwischendurch reinklettern. Und das stundenlang und zum größten Vergnügen der Kinder. Ein pädagogischer Erfolg war es auch, wenn wir uns eine Kokosnuß zurollten. Kokosnuß hinrollen. Kokosnuß zurückrollen. Und zwischendurch auch mal draufhauen auf die Kokosnuß.

Ein Heidenspaß, dem ich aber nur ein paar

Tage standhielt. Als ich George in Kingston anrief und ihm sagte, daß ich mich unterfordert fühlte, reagierte er verschnupft und meinte, daß er keinen Freiwilligen zur Arbeit zwingen könne. Eine andere als diese Arbeit gäbe es im Moment nicht. Und Entwicklungshilfe sei nun mal kein Abenteuerurlaub. Und auch kein Hegelkongreß. Das habe er schon so manchem Freiwilligen sagen müssen, und die meisten hätten es auch eingesehen. Ich sagte »In Ordnung, ich sehe es auch ein« und fragte mich zugleich, wieso er jetzt auf den Hegelkongreß gekommen war. Ich hatte während der Autofahrt Humboldt erwähnt; möglicherweise hatte er schon wieder etwas verwechselt. Ob Humboldt oder Hegel – ich fühlte mich auf jeden Fall bei meiner Ehre gepackt, und versprach George, allein schon um der Kinder willen weiterzumachen, die ich daraufhin zwei Monate lang von morgens neun bis nachmittags um sechzehn Uhr betreute, bevor sie von einer Mitarbeiterin der Gemeindeverwaltung abgeholt und zu ihren Eltern gebracht wurden, die irgendwo als Landarbeiter und Tagelöhner tätig waren. Die Gemeindeverwaltung brachte auch das Mittagessen für die Kinder und für mich vorbei, das für die Kinder gratis war, mich aber ein paar jamaikanische Dollar kostete. Das fand ich in Ordnung, ich hatte auch den Flug selbst bezahlt, und immerhin kostete mich die Unterkunft nichts. Außerdem schmeckten mir Yam, Maniok, Ziegenfleisch, Kochbananen und anderes mehr. Letztere esse ich sogar heute noch, muß sie aber eigens im KaDeWe vorbestellen.

Daß ich es zwei Monate lang mit den unterentwickelten blonden und blauäugigen Knaben aushielt, habe ich nicht zuletzt der Tatsache zu verdanken, daß ich ein Mensch bin, der auf neue Herausforderungen flexibel reagiert. Wohl halte ich an dem fest, was ich kann und gelernt habe, und das ist, wie wir wissen, nicht wenig. Aber ich kann auch loslassen. In diesem Fall habe ich zuerst einmal meine sicherlich etwas traditionslastigen Bildungsziele losgelassen, die ich im Elternhaus erworben hatte. Man muß nicht fünf Fremdsprachen sprechen. Man kann auch mit Pappkartons spielen. Am schönsten wäre es natürlich, wenn sich beides in schönster Harmonie entwickelte. Das Spiel und der Ernst, die Praxis und die Theorie, Hand und Hirn. Hier konnte ich mich auf meinen Humboldt besinnen, der ja der – vielleicht ein wenig umständlich formulierten – Meinung war, »daß Griechisch gelernt zu haben einem Tischler ebensowenig unnütz sein könne als Tische zu machen dem Gelehrten«. Damit hat er mir aus dem Herzen gesprochen, denn schließlich habe ich vor meinem Architekturstudium eine Tischlerlehre absolviert. Ich hätte natürlich auch Karl Marx und Friedrich Engels zitieren können, die sich in einer Schrift mit dem Titel *Die deutsche Ideologie* einen Menschen erträumen, der keinen speziellen Beruf mehr hat und keiner begrenzten Tätigkeit mehr nachgeht, sondern, ich zitiere aus dem Gedächtnis, »morgens jagt, nachmittags fischt, abends Viehzucht treibt, nach dem Essen kritisiert, ohne je Jäger, Fischer, Hirt oder Kritiker zu werden«. Das war, alles in allem, genau mein Lebensmodell. Natürlich jagte ich nicht, fischte eher selten, trieb im strengen Sinne auch keine Viehzucht, kritisierte aber des öfteren und gern auch nach dem Essen, ohne je Kritiker geworden zu sein. Und hier, in Marx' und Engels' enthusiastischer Frühschrift, fand ich die Vorgabe, wozu ich meine drei blonden und blauäugigen Knaben zu erziehen hatte: zum Jagen, Fischen, Viehzucht Treiben, und all das sollten sie mit ein wenig Tischlerei kombinieren. Das Kritisieren würde ich vorerst hintanstellen, dafür war das Sprachzentrum der drei noch zu wenig ausgebildet. Mit anderen Worten: Ich gab jeden Erziehungsanspruch auf und streunte mit den Knaben durch die Gegend. Erst liefen wir nur im Dorf herum, dann entfernten wir uns ein wenig, und irgendwann machten wir uns sogar zu einer Wanderung nach Ocho Rios auf, wo es einen traumhaften Wasserfall zu bestaunen gab und wo wir uns stundenlang in seichte Felsmulden legten und den Geräuschen des tropischen Waldes lauschten. Natürlich gab es auf unseren Streifzügen allerlei Tiere wie zum Beispiel Kolibris, Amazonenpapageien, Skorpione und einmal auch einen toten Hund zu sehen, auf dessen Kadaver die Geier hockten, was die Kinder natürlich begeisterte.

Wir taten, ganz wie es Marx und Engels für die ferne kommunistische Gesellschaft vorausgesagt haben, »heute dies und morgen jenes«, und ich mußte feststellen, daß das Herumstreunen den blöden blonden Buben bestens bekam und daß sie sich in geistiger wie körperlicher Hinsicht enorm entwickelten. Ich will nicht behaupten, daß ich sie in diesen zwei Monaten zur Hochschulreife gebracht hätte, aber mit Kokosnüssen hin- und herrollen oder Pappkartons auf- und zumachen hätte ich ihnen bereits nach einer Woche nicht mehr kommen können.

Manchmal sah ich sogar so etwas wie Sehnsucht in ihren Augen aufschimmern. Sehnsucht nach Musik sah ich. Und Sehnsucht nach Büchern. Das waren die glücklichsten Momente meiner Arbeit, und ich hätte in diesen Momenten durchaus pathetisch werden und mir zurufen können: War die Sehnsucht nicht das höchste aller Bildungsgüter? Und das Wecken der Sehnsucht nicht das höchste Erziehungsziel überhaupt? Und hätte ich nicht selbst manches dafür gegeben, einmal so zu sein und zu fühlen wie diese drei unschuldigen deutschstämmigen Kreaturen: vollkommen ahnungslos, aber mit einem zarten Schimmer in den Augen, der die Morgendämmerung einer erwachenden Wißbegierde ankündigte?

Was aus den Jungen geworden ist, ist mir nicht bekannt. Aber ich weiß, daß ich mich voller Hoffnung von ihnen verabschiedet habe und daß sie mir, als ich Seaford Town verließ, ein dankbares und freundschaftliches »Draiv gud!« nachgerufen haben. Und ich weiß ebenfalls (aus einem Ehemaligen-Rundbrief des Volunteer Service, den ich noch immer einmal im Jahr erhalte), daß es heute, zwei Jahrzehnte nach meinem Jamaikaaufenthalt, ein Heimatmuseum in Seaford Town gibt. Wobei es mich freilich nicht überraschen würde, wenn meine drei blonden Buben dafür verantwortlich sind und die Saat meiner Bemühungen doch noch aufgegangen ist. Schließlich ist aus dem, was ich angepackt habe, immer etwas geworden, von Kleinigkeiten einmal abgesehen. Insgesamt kann ich guten Gewissens sagen, daß mir das Schicksal ein »Draiv Gud« auf meine Lebensfahne geschrieben hat und daß ich dementsprechend immer gut gefahren bin. Das können Sie im übertragenen Sinne, aber auch wörtlich verstehen.

Allerdings reise ich jetzt nicht mehr. Ich habe mir das Reisen abgewöhnt. Ich bin einfach zuviel gereist und habe in gewisser Weise auch zuviel gesehen. Statt zu reisen, sitze ich lieber. Oder gehe im Garten umher. Im Garten meiner Großeltern, in deren westfälischer Villa ich wieder wohne, seit ich das Dahlemer

Elternhaus, das genau an einen der Zugänge zum Grunewald angrenzte, verkauft habe. Es war mir einfach zuviel in Dahlem geworden. Zu viele Hunde und zuviel Amoniakgeruch, denn der Grunewald ist Hundeauslaufgebiet und meine Straße eine der Zufahrtsstraßen. Hier springen die Hunde aus dem Auto, doch statt sogleich im Wald zu verschwinden, urinieren sie erst einmal gegen die Gartenmauer oder koten genau vor meine Einfahrt. Vor allem letzteres, was ich aber nicht weiter vertiefen will. Ich habe das Haus jedenfalls schon bald nach der Wende verkauft, und es dient jetzt als Residenz eines brasilianischen Honorarkonsuls, der aus dem Bundesstaat Rio Grande do Sul stammt, wo ich einige Zeit gelebt habe und auch die entsprechenden Leute kenne. Vor allem in Porto Alegre kenne ich viele Leute. Auch dort haben die Leute Hunde, die sie in diversen Grünanlagen, am liebsten aber im Parque Farroupilha ausführen. Aber mir schien immer, daß die Hunde im Park Farroupilha nicht urinieren. Sie laufen herum, aber sie urinieren nicht, im Unterschied zu den Berliner Hunden, die fast nur urinieren. Das ist zumindest mein Eindruck. Wogegen die Passanten wiederum enorm viel trinken im Parque Farroupilha. Die meisten tragen eine Thermosflasche sowie ein Trinkgefäß mit sich herum, in dem sie ihren Mate-Tee aufgießen. Nun handelt es sich bei den Thermosflaschen nicht etwa um kleine handliche und für Spaziergänge geeignete Flaschen, sondern um große und zum Teil geradezu überdimensionierte Flaschen, wie man sie von Kongressen und Tagungen kennt, wo sie mit Kaffee oder Tee gefüllt in den Pausen bereitstehen. Es ist schwer zu verstehen, warum die Spaziergänger sich mit solchen Flaschen abschleppen, zumal auch die Trinkgefäße keine einfachen Becher sind, sondern halbrunde und ebenfalls ziemlich große Aufgußbecher, in denen das Matepulver mit immer neuem Wasser übergossen wird. Andere Länder, andere Sitten, sage ich mir in solchen Fällen, mußte aber doch jeden Tag aufs neue über die brasilianischen Trinksitten den Kopf schütteln, zumal mir auch der Tee selbst nicht besonders schmackhaft erschien.

Ich habe einmal in der südbrasilianischen Provinz in einem offenbar von italienischen Emigranten gegründeten Örtchen namens Caravaggio eine Mate-Räucherei besichtigt. Ausgerechnet Caravaggio, dachte ich damals, als ich das Ortsschild in der tiefgrünen Hügellandschaft am Ortseingang stehen sah, gehörte Caravaggio doch zu den Malern, denen ich gewissermaßen von Kindheit an verbunden bin. Wenn mir meine Eltern eine Freude machen wollten, dann haben sie mir einen Caravaggio-Bildband oder einen Caravaggio-Kunstdruck geschenkt, wobei mir das liebste seiner Bilder die sogenannte *Madonna dei Palafrenieri* war, auf dem die Madonna und der schon ziemlich großgewachsene nackte Jesusknabe gemeinsam und mit nackten Füßen den Kopf einer Schlange an den Boden drücken.

Daran mußte ich denken, als ich im Süden

von Rio Grande do Sul und gar nicht so weit von der argentinischen Grenze entfernt das Ortsschild Caravaggio sah und mir fast schmerzlich bewußt wurde, wie gern ich mein Leben der Kunst gewidmet hätte. Sowohl im ganz praktischen Sinne der Malerei als auch im wissenschaftlichen und historischen Sinne der Kunstgeschichte. Denn ich habe mich nicht nur sehr früh für die bildende Kunst und speziell die Malerei und vor allem eben auch Caravaggio interessiert, sondern ich habe auch schon sehr früh selbst gemalt. So begabt ich für die Kunstgeschichte war, so begabt war ich zugleich für die Malerei. Speziell die Porträt- und die Landschaftsmalerei lagen mir am Herzen. Wobei ich, wenn ich Porträt sage, vor allem das Selbstporträt meine. Ich habe als junger Mensch lange Zeit nichts anderes getan, als Selbstporträts zu malen, und wenn ich keine Selbstporträts gemalt habe, dann waren es Landschaften mit mir darin. Die Bilder hießen denn auch *Bergweg mit mir* oder *Ich am Emsufer* oder auch *Am Grunewald-*

see, nachdenklich, ich. Ich habe dann mit dem Malen wieder aufgehört aus der schlichten lebensphilosophischen Einsicht heraus, daß man eben nicht alles machen kann. Man kann auch zuviel können. Dieselbe Einsicht veranlaßte mich auch, mein Studium der Kunstgeschichte nach wenigen Semestern wieder abzubrechen, und zwar gegen den Ratschlag meines Berliner Professors, der ganz in der Nähe unseres Dahlemer Hauses wohnte und oft bei uns zu Gast war und meinen Eltern und mir von seinen Caspar-David-Friedrich-Forschungen berichtete.

All das und vieles mehr ging mir durch den Kopf, als ich in Caravaggio die Mate-Tee-Räucherei besichtigte und dabei zusehen konnte, wie aus einem normalen Tee einer wurde, der nach geräuchertem Schinken schmeckte und ohne den ein Einwohner von Porto Alegre nicht in der Lage war, einen Sonntagsspaziergang durch den Parque Farroupilha zu machen. Ich habe den Tee in Brasilien nur ein einziges Mal getrunken und mich statt dessen an Wasser und Kaffee gehalten. Allzu viele Spaziergänge im Parque Farroupilha habe ich auch nicht gemacht, dafür aber viele Antiquariate besucht. In einem davon habe ich einen Konsalik-Roman mit dem Stempel *Eigentum Konsul Hermann Weyer* gefunden. Ich könnte Ihnen das Buch zeigen, denn es steht wahrscheinlich noch immer in dem Geschäft, das sich wie fast alle Antiquariate Porto Alegres in der Rua Riachuelo befindet. Als ich dem Antiquar den Stempel zeigte, zuckte der nur mit den Schultern, der Name Konsul Weyer sagte ihm anscheinend nichts, er schien sogar ein wenig enttäuscht darüber, daß ich mich für das Buch interessierte. Ich hätte es gern wegen des Stempels gekauft, tat es aber aus Schamgefühlen nicht. Schließlich hatte ich mich dem Antiquar als vergleichender Literaturwissenschaftler vorgestellt, was ich ja in gewisser Weise auch war, worauf er mir sogleich und mit Kennermiene von Kafkas Puppenbriefen erzählte, die ja leider noch immer nicht gefunden seien und dem Besitzer sicherlich ein Vermögen einbrächten. Offenbar hatte sich die Geschichte bis Brasilien herumgesprochen. In Deutschland hatte sie auch eine Zeitlang die Runde gemacht, war aber längst wieder in Vergessenheit geraten.

Die Geschichte spielte sich im Stadtpark Steglitz ab. Hier soll Kafka während seiner Berliner Zeit einem weinenden kleinen Mädchen begegnet sein. Auf seine Frage, warum es weine, habe ihm das Mädchen geantwortet, daß es seine Puppe verloren habe und nicht mehr wiederfinden könne. Darauf habe Kafka das Mädchen trösten wollen und ihm gesagt, daß die Puppe nicht verlorengegangen, sondern verreist sei und daß die Puppe ihm einen Brief geschrieben habe, den er ihr am nächsten Tag bringen könne. Noch am Abend des gleichen Tages setzte sich Kafka hin und schrieb einen Brief. Den ersten von mehreren Dutzend Briefen, die er dem Mädchen dann Tag für Tag im Steglitzer Stadtpark aushändigte.

Soweit die Geschichte, die ohne Zweifel anrührend und auch insofern kafkatypisch ist, als dieser ja in der Tat ein geradezu verzweifelter Briefeschreiber war, wenn man an die Briefe an seine Verlobten Milena und Felice denkt. Wobei die Briefe an Milena und Felice im Grunde nichts nützten, während die Briefe der Puppe immerhin ein kleines Mädchen über seinen Schmerz hinwegtrösteten. Der Antiquar war jedoch weniger von der Geschichte fasziniert als von der Möglichkeit, daß Kafkas Briefe sich noch immer irgendwo im Besitz der Nachfahren des kleinen Mädchens befanden und vermutlich einen Millionenwert darstellten. Ich ließ den Antiquar in seinem Glauben, betrachtete die Sache aber eher als Angelegenheit für den Konsul Weyer als für das Deutsche Literaturarchiv. An die Manuskripte und die Millionen glaubte ich nicht, doch ging mir die Geschichte auch nach meiner Rückkehr nach Deutschland nicht mehr aus dem Kopf, und ich fragte mich, ob es nicht ein bezaubernder Stoff für ein Kinderbuch war. Und ob ich nicht geradezu dazu

prädestiniert schien, der Autor dieses Buches zu sein. Solch ein Buch wäre mein Dank an all die Kinder, die nicht das Glück hatten, unter solchen Bedingungen wie ich aufzuwachsen, und denen sozusagen die Puppe abhanden gekommen war.
Ich dagegen war behütet und umsorgt aufgewachsen, lebte entweder im Elternhaus am Rande des Grunewalds oder in der Villa meiner Großeltern in Ostwestfalen, wo ich meine Sommerferien verbrachte und ausschwärmte ins Münsterland, an das Ufer der Ems oder auf die Höhen des Teutoburger Waldes. Das größte Verdienst für das Glück meiner Kindheit kam natürlich meiner Mutter zu, mit der ich mein Leben lang Kontakt gehalten und der ich von allen meinen Reisen ganz wie Kafkas Puppe viele Briefe geschrieben habe. Und wenn es keine Briefe waren, dann waren es Ansichtskarten, auf die ich in gut leserlicher Schrift schrieb: *Liebe Mutter, in Italien ist es sehr schön.* Oder: *Liebe Mutter, in Frankreich ist es sehr schön.* Oder auch: *Liebe Mutter, in Spanien*

ist es sehr schön. Die Ansichtskarten hatten die herrlichsten Motive. Ich habe immer darauf geachtet, der Mutter besonders schöne Ansichtskarten zu schicken. Mit der Spanischen Treppe in Rom darauf oder den mittelalterlichen Gassen von San Sebastian oder auch dem Eiffelturm in Paris. Die Mutter hatte alle meine Ansichtskarten aufbewahrt. Fein säuberlich in einer mit Seidenpapier gefütterten Schachtel, die ich nach ihrem Ableben in der Spiegelkommode im elterlichen Schlafzimmer gefunden habe und woraus ich schließen konnte, daß die Mutter, die selbst nie viel gereist ist, stolz war auf die Reisen ihres Sohnes. Und dies ganz zu Recht, denn es waren ja auch wahrhafte Märchenreisen gewesen in wahrhafte Märchenländer, wie sie Spanien, Frankreich und Italien nun einmal darstellten.
Allerdings konnte ich mir diese Reisen erst nach dem Tod des Vaters erlauben. Wenn ich dem Vater gesagt hätte, daß ich nach Italien, Frankreich oder Spanien reisen möchte, dann hätte er mich, bei aller Güte, die ihn sonst aus-

zeichnete, zwischen Daumen und Zeigefinger seiner rechten Hand zerrieben. Oder er hätte mich, bei aller Zurückhaltung und Friedfertigkeit, die ihm sonst eigen war, mit der bloßen Faust platt gehauen. So wie man mit einem Fleischklopfer ein Kotelett platt haut, bevor man es brät. Der Vater wäre bei dem Gedanken daran, daß ich nur und ausschließlich zu meinem Vergnügen in eines dieser Länder reiste, geradezu wahnsinnig geworden. Er hätte es nicht überlebt. Die Mutter dagegen freute es, wenn ich reiste. Dabei bin ich immer auf ihre Kosten gereist. Doch sie hat gern gegeben. Ich habe gern genommen, und sie hat gern gegeben. Das wenige, was ich für dich tun kann, hat sie immer gesagt und mir einen weiteren Scheck ausgestellt oder gelegentlich auch gleich Bargeld in die Hand gedrückt. So war die Mutter. Durch und durch gut und großzügig, hat sie mir eine märchenhafte Jugend ermöglicht.

Neben der Mutter waren es vor allem unsere beiden Langhaardeckel Waldi und Nelli, die zum Glück meiner Kindheit beigetragen haben. Auch wenn es übertrieben wäre zu behaupten, daß Waldi und Nelli sprechen konnten, so kommt es mir in meiner Erinnerung doch so vor, als hätte ich mich meine gesamte Kindheit hindurch vor allem mit Nelli und Waldi unterhalten. Obwohl der Vater ein durch und durch kommunikativer Mensch war, habe ich mit ihm nur selten gesprochen. Im Grunde genommen und wenn ich es recht bedenke, habe ich eigentlich nie mit dem Vater gesprochen. Man kann auch in Frieden zusammenleben, ohne miteinander zu sprechen.

Mit der Mutter habe ich ebenfalls nicht allzuviel geredet, weil auch die Mutter mit mir nicht allzuviel geredet hat. Aber sie hat es aus Liebe getan. Die Mutter liebte mich so, daß sie, sobald sie mich sah, in Tränen ausgebrochen ist. Und wenn sie nicht in Tränen ausgebrochen ist, dann ist sie verstummt. Ganz still geworden ist sie dann, wie eine Heilige, oder eine Betende, und manchmal auch wie eine

Schlafwandelnde. Dann war sie stumm und hat mir ihre Hand auf den Kopf gelegt und ihn gestreichelt, fast so, wie ich Waldi und Nelli den Kopf gestreichelt habe, nur daß ich dabei mit Waldi und Nelli gesprochen habe, so wie Waldi und Nelli auch mit mir gesprochen und »Sehr freundlich« oder auch »Sehr angenehm« oder ähnliches zu mir gesagt haben.
Ich weiß gar nicht, ob die Mutter überhaupt eine Stimme hatte. Wahrscheinlich nicht. Sie brauchte auch keine Stimme, denn sie hatte einen wunderbar warmen und weichen Körper. An den hat sie mich gern gedrückt. An den hat sie mich so lange gedrückt, bis mir ganz schwindlig wurde. Wahrscheinlich, weil mir der Sauerstoff fehlte. Als ich klein war, hat die Mutter meinen Kopf an ihren weichen und warmen Bauch gedrückt, bis ich keine Luft mehr bekam. Als ich größer war, hat sie meinen Kopf an ihren weichen und warmen Busen gedrückt, bis ich keine Luft mehr bekam. Die Mutter hat mich so liebgehabt, daß ich während eines großen Teils meiner Kind-

heit zu wenig Sauerstoff in meine Lungen und mein Gehirn bekommen habe. Das hat mir aber offensichtlich nicht geschadet. Im Gegenteil. Ich war ein intelligentes, glückliches und zufriedenes Kind, das es schöner nicht hätte haben können. Am schönsten war es, wenn sich die Mutter mit mir auf die breite Wohnzimmercouch legte, um mir aus Grimms Märchen vorzulesen. Wenn sie vorlas, hatte sie auch wieder eine Stimme. Wobei mir immer dann, wenn ich neben der Mutter lag, die breite Wohnzimmercouch gar nicht mehr so breit vorkam wie sonst. In Wahrheit kam mir die Couch nun ziemlich schmal und viel zu eng für zwei Personen vor, was wohl auch damit zu tun hatte, daß ich während des Vorlesens mehr unter als neben der Mutter lag.
Es war jedoch immer sehr schön gewesen neben und vor allem unter der Mutter auf der Couch. Auch wenn mir während des Vorlesens der Atem gelegentlich knapp wurde, da der warme und weiche Körper der Mutter auf meine Brust und meine Lungenflügel drück-

te. Von den Märchen als solchen habe ich nicht allzuviel mitbekommen, aber an *Hans im Glück* kann ich mich erinnern, weil ich ja selbst auch eine Art Hans im Glück war. Natürlich wäre das Glück noch größer gewesen, wenn ich etwas mehr Luft bekommen hätte während des Vorlesens. Ich will mich aber nicht beklagen, zumal die Mutter selbst sich sehr wohl zu fühlen schien. Sie fühlte sich so wohl, daß sie regelmäßig einschlief und noch schwerer und wärmer wurde, als sie ohnehin schon war.

Nicht verschweigen möchte ich, daß sie sich des öfteren das Kleid aufknöpfte, während sie vorlas. Wahrscheinlich, um freier atmen und besser vorlesen zu können. Was aber zur Folge hatte, daß sie, wenn sie einschlief, mit aufgeknöpftem Kleid einschlief, so daß mir nichts anderes übrigblieb, als meine Nase und manchmal auch meine Hände unter ihr aufgeknöpftes Kleid zu stecken. Was hätte ich machen sollen? Das wiederum hatte zur Folge, daß sie noch weiter auf mich rollte, tief schlafend dabei oder wenigstens tief atmend, manchmal auch ein wenig grunzend, was nicht so schön war, um ehrlich zu sein. Ansonsten aber war alles schön, wenn ich neben und unter der Mutter mit dem aufgeknöpften Kleid lag und mich mit meinen Händen wie mit kleinen Schaufeln durch ihren warmen und weichen Körper hindurcharbeitete, als sei es ein Berg aus Hirsebrei. Den Berg aus Hirsebrei kannte ich aus einem der Märchen, das mir die Mutter vorgelesen hatte, und ich wußte gleich, schon beim ersten Hören des Märchens, daß so ein Berg aus Hirsebrei nichts anderes sein konnte als der große und warme Körper der Mutter.

Möglicherweise sind diese schönen Stunden mit meiner Mutter schuld daran, daß ich nicht geheiratet habe. Und kinderlos bin, was aber nicht weiter schlimm ist, denn ich betrachte alle Kinder dieser Welt in gewisser Weise als meine Kinder. So wie ich in gewisser Weise auch alle Frauen auf dieser Welt als meine Frauen betrachte. Besonders seit ich wieder in Ostwestfalen lebe, wo es bekanntermaßen die unwiderstehlichsten Frauen gibt. Da der Verkauf des Berliner Hauses sehr lukrativ für mich war, könnte ich mich nun ganz den schönen Dingen des Lebens widmen. Dem Reiz und der Grazie der jungen ostwestfälischen Hausfrauen beispielsweise, wenn sie erhobenen Hauptes ihre Einkaufstüten nach Hause tragen, was ich ohne Probleme von der Terrasse meiner Villa aus beobachten kann. Oder ich könnte wieder malen. Das Malen habe ich allerdings zurückgestellt und mich statt dessen bereit erklärt, an einem landschaftsplanerischen Projekt mitzuwirken, zu dem ich ohne Zweifel und bei aller Bescheidenheit einiges beitragen kann. Da ich einige Jahre selbst landschaftsplanerisch tätig gewesen und zugleich ein intimer Kenner des mediterranen Raumes bin, nicht nur meinen Paul Vidal de la Blache, sondern auch die Schriften der *École des Annales* studiert, Braudel und Duby geradezu eingesogen habe, stimmte ich ohne Zögern zu, als mich der Bürgermeister meines Heimatortes um Mitwirkung bei einem Vorhaben bat, das sich der Umgestaltung des örtlichen Stadtparks widmen sollte. Die Stadtverwaltung hat dem Projekt den Namen *Villeggiatura vestfalica* gegeben, was allein schon genügt hätte, mich für die Sache zu gewinnen, zumal ich selbst, bei aller Bescheidenheit, eine der letzten klassizistischen beziehungsweise neoklassizistischen Villen in der ganzen Region bewohne, deren Baustil durchaus eines Palladio würdig ist. Alles andere, was es hier an historischer Architektur gegeben hat, ist entweder dem Krieg oder der Modernisierungswut der sechziger Jahre zum Opfer gefallen, so daß meine Heimatstadt ein Ort äußerster Trostlosigkeit geworden ist, vollgestellt mit Umgehungsstraßen, Lagerhallen, Klärwerken, Fleischfabriken, Verwaltungsbauten und Wohnhäusern im entweder spitzgiebligen Heimatschutz- oder aber grauverputzten Flüchtlings- und Vertriebenenstil. Seit einigen Jahren hat sich jedoch eine Änderung vollzogen. Man war der Tristesse müde und hatte mit dem Rückbau und der Deregulierung des Ortes begonnen, die schon vor meinem Herzug ziemlich weit fortgeschritten war. Die geraden Durchfahrtsstraßen wurden kurvenreich, die Straßen insgesamt schmaler und zum Teil auf Gassenbreite gebracht und mit Terrakottasteinen gepflastert, gelegentlich wurden dort, wo früher Glas- und Papiercontainer standen, Findlinge aus dem südlichen Alpenvorland oder auch ein Marienhäuschen mit bunten Lampions aufgestellt. Der Kirchhof der katholischen Kirche, der lange Zeit ein Parkplatz war, wurde mit mittelmeerischen Gehölzen, Feigenbäumen und üppigen Rosenranken bepflanzt. Die Kirche selbst, ein Betonbau aus den sechziger Jahren, erhielt eine schwarz-weiße Marmorfassade im toskanischen Stil und wurde um einen hochgewachsenen Campanile ergänzt, der jetzt schon zu einer Art Wahrzeichen des Ortes geworden ist. Wenn Sie heute eine Ansichtskarte meines Heimatortes versenden, dann könnte man meinen, die Karte käme aus Siena oder aus Lucca. Die globale Erderwärmung tat ihr übriges, um meiner Heimatstadt und ihren Menschen ein südländisches Flair zu verleihen. Was früher undenkbar und geradezu verpönt war, konnte jetzt durchaus vorkommen: daß die Menschen nach getaner Arbeit auf den Treppenstufen vor ihren Häusern saßen, in die Abenddämmerung hinein miteinander plauderten und mir, dem vorbeischlendernden Passanten, ein *Ciao bello!* nachriefen. Ich ließ es mir gefallen und stürzte mich auf mein Projekt, das darin bestand, den gleich neben meinem eigenen Grundstück gelegenen Stadtpark in eine Art Landschaftsgarten zu verwandeln. Mit Landschaftsgärten kannte ich mich aus, hatte sowohl in England wie auch in Italien die wichtigsten Landschaftsgärten besucht und mußte mich nun für eine Variante entscheiden, die dem Gedanken der Villeggiatura vestfalica entsprach. Ich entschied mich für einen Garten nach dem Vorbild der Boboli-Gärten in Florenz, auch wenn es sich dabei nicht unbedingt um einen Landschaftsgarten im eigentlichen Sinne handelte. Doch mir gefiel der Name: Boboli. Und ich war dort immer gern spazierengegangen. Bürgermeister und Stadtrat segneten mit Zustimmung aller Fraktionen meinen Plan ab, und ich konnte sofort mit der Arbeit beginnen. Was gab es schöneres, als einen verkommenen, brachliegenden norddeutschen Stadtpark mit seinen schlammigen Wegen und düsteren Bepflanzungen, Taxushecken und Koniferen, Farngewächsen und Mooswiesen in eine südliche Landschaft zu verwandeln. Ein Fest der Schöpfung stand mir bevor. Aber erst einmal mußte auf- und abgeräumt werden. Besonders der Riesenfarn, der mir zutiefst verhaßt war, mußte ausgerissen werden, was ich gleich selbst in Angriff nahm; ich schlug so lange mit der Spitzhacke auf das Elendskraut ein, bis einer der städtischen Gärtner, die für den verkommenen Stadtpark zuständig waren, die Polizei holte.

Seitdem sitze ich hier und blättere in meinen Notizbüchern. Auch der Bürgermeister hat sich nicht mehr gemeldet. Und von der

Villeggiatura vestfalica wollte auch niemand mehr etwas wissen. Irgend etwas ist schiefgegangen. Wenn ich aus dem Fenster schaue, sehe ich Lagerhallen, Parkplätze und ein Klärwerk. Und dahinter eine Kuhweide, die nicht enden will. Ich hätte in Berlin bleiben sollen. Oder in New York. Oder auch in Porto Alegre. Meine Heimat ist die Welt. Und nicht dieses Haus, das ich für eine klassizistische Villa im Palladiostil und zudem noch für mein eigenes Haus gehalten habe. Es ist aber gar nicht mein Haus. Zumindest habe ich keine Hausschlüssel mehr. Und vom Palladiostil ist auch nicht viel zu sehen. Irgend etwas ist schiefgegangen. Jetzt sitze ich hier und blättere in meinen Notizbüchern, die man mir zum Glück gelassen hat und in denen nichts steht außer dem Titel einer Geschichte, die ich vor langer Zeit einmal schreiben wollte: *Der Papst, den ich gekannt habe*, sollte sie heißen. Und wahr gewesen wäre sie auch.

Villeggiatura vestfalica wollte auch niemand mehr etwas wissen. Irgend etwas ist schiefgegangen. Wenn ich aus dem Fenster schaue, sehe ich Lagerhallen, Parkplätze und ein Klärwerk. Und dahinter eine Kuhweide, die nicht enden will. Ich hätte in Berlin bleiben sollen. Oder in New York. Oder auch in Porto Alegre. Meine Heimat ist die Welt. Und nicht dieses Haus, das ich für eine klassizistische Villa im Palladiostil und zudem noch für mein eigenes Haus gehalten habe. Es ist aber gar nicht mein Haus. Zumindest habe ich keine Hausschlüssel mehr. Und vom Palladiostil ist auch nicht viel zu sehen. Irgend etwas ist schiefgegangen. Jetzt sitze ich hier und blättere in meinen Notizbüchern, die man mir zum Glück gelassen hat und in denen nichts steht außer dem Titel einer Geschichte, die ich vor langer Zeit einmal schreiben wollte: *Der Papst, den ich gekannt habe*, sollte sie heißen. Und wahr gewesen wäre sie auch.